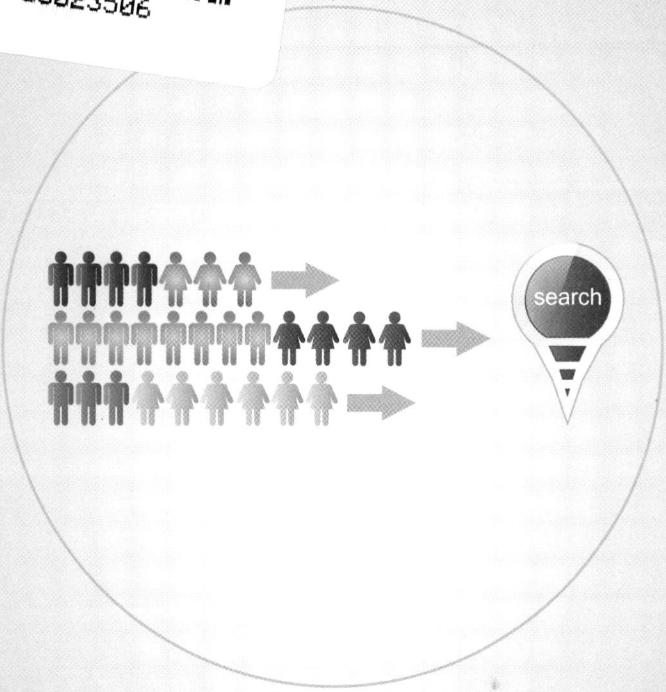
search

facebook 搜尋 人肉搜索

食凍麵 Stoneman
—— 著

目次

01 被黑道半強迫交往

我是個胃奴。

明知道吃宵夜會讓身體變胖，但胃主人習慣睡前享用一個奶酥麵包，所以每天晚上我都得到樓下的便利商店買回來孝敬主人。

今天晚上有點特別，我除了買奶酥麵包和牛奶之外，還買了五包洋芋片，三包鱈魚香絲和半打啤酒。

「咦，妳怎麼買這麼多？」身後突然出現怪腔調。

還沒轉頭，我就知道說話的人是住在隔壁房間的林樂，他是韓國華僑，跟我唸同一所大學。

「對啊，今天有朋友來。」我轉頭，禮貌地笑了笑。

「哇，還有啤酒耶，是要跟朋友慶祝考完期末考嗎？」林樂問。

「嗯。」我點點頭，「高中同學來找我，她唸的夜校也剛考完期末考，我們打算狂歡一整晚。」

我趁機盡情盯著林樂迷人的五官，他兩邊的頭髮偏長，中間的頭髮抓得老高，無辜的眼神略帶奴性，彷彿在告訴我：「女王，把我帶回家飼養吧……」

我腦裡的小劇場開始補完收養他之後，他化身成男僕伺候我的畫面，伴隨著熱血的韓國音樂。

「妳們打算怎麼狂歡？」林樂一個好奇的問題，把我拉回現實。

「呃……其實我們還沒決定要玩牌還是看DVD耶。」我說，「對了，林樂，你會打我們的麻將嗎？」

「會啊，我來台灣三年，早就學會打台灣麻將了。」林樂說。

「我們三缺一，你要不要來陪我們打？」我趁機提出邀約。

「我嗎？可是我不太會算台數耶……」林樂語氣中帶著猶疑。

「沒關係，我們教你。」我拍了拍胸脯。

爲了我和高中同學的眼福，不管怎樣也要把他拉過來。

* * * * *

我把林樂帶回寢室，興奮地向可甄和毓正宣布一個好消息：「兩位，待會我們可以打麻將了！」

「找到牌腳啦？」毓正放下他的iPhone，瞧了林樂一眼後，問我。

「挺帥的嘛。」可甄一直盯著林樂的臉蛋不放。

「兩……兩位好……」林樂吞了吞口水，嘴唇有點顫抖。

可甄是我的高中同學，毓正則是她的男朋友，由於他們兩個身上散發著一股黑道的殺氣，使得林樂有點不自在。

「不用緊張，他們兩個人很好。」我低聲對林樂說。

「茶碗蒸，怎麼妳的朋友講話有腔調？」毓正問我。

茶碗蒸是我的綽號，我的眞名叫陳婉珍。

「外國人嗎？」可甄興致勃勃地問我。

「他是韓國華僑啦，叫林樂。」我說，「待會你們不要欺負他喔！」

「不會啦，妳的朋友就是我們的朋友，我們不會欺負朋友的。」毓正說。

「你會打我們的麻將嗎？」可甄的視線依然沒有離開林樂的臉蛋。

「會，我會打麻將，可是不太會算台數。」林樂說。

「沒關係，待會我教你喔，我超會算台數的啦。」可甄燦爛地笑著。

「我來教就好了。」毓正打斷可甄，似乎有點吃醋，「妳只會耍笨而已，幹嘛學人家當老師。」

我們把桌上的書本和雜物放到地上，拿出麻將，開始耍樂。

洗牌期間，毓正和可甄互相鬥嘴，一個取笑對方笨手笨腳像隻豬，一個揶揄對方魯莽衝動像頭牛，害林樂和我哭笑不得。

「他們兩個常常互相吐嘈，我見怪不怪了。」我對林樂說。

「他們是情侶嗎？」林樂問。

「對，我們是情侶。」毓正指著可甄，語帶強調，「她是我的馬子！她是我的！」

「馬子是比較粗俗的用語，指女朋友。」我向林樂解釋。

「我知道馬子是女朋友的意思，不要以爲我是外國人就不知道道地的用語，我還知道馬子的對應詞是什麼呢！」林樂得意地笑著。

「眞的喔？馬子的對應詞是什麼！」毓正問林樂。

「性子。」林樂答。

聽到林樂的回答，毓正和可甄詭異地笑了笑。

馬子是貶低女生的用語，意指「這個女生是我騎的對象」；性子是貶低男生的用語，意指「這個男生是我性交的對象」。

「性子其實是很難聽的話。」可甄說。

「你知道性子的眞正意義是什麼嗎？」毓正邊笑邊問林樂。

「不知道耶，我只知道馬子的對應詞是性子，倒是沒研究過它們的意義。」林樂說。

「那你還是不要知道比較好。」可甄說，「繼續保持一顆純潔的心吧。」

「性子不是指男朋友嗎？」林樂納悶地問。

「性子可以是指男朋友沒錯，但同時它有另外一個意義。」我說。

「是喔？」林樂問我，「對了，我一直很好奇，請問妳有性子嗎？」

「哈哈哈哈哈！」毓正和可甄看著我，不斷狂笑。

我好氣又好笑地盯著林樂。

林樂似乎感覺到自己說錯了什麼，連忙澄清道：「不好意思，對不起，其實我剛才想問的是：妳有男朋友嗎？」

好尷尬的問題，正當我在思考怎樣委婉地回答之際，毓正卻搶先一步替我回答：「有啊，茶碗蒸有男朋友，而且還是我老大呢！」

「你老大？」林樂問。

「對，茶碗蒸是我老大的女朋友。」毓正說，「當年要不是我老大出手幫忙，她可能還畢不了業。」

「真的喔？」林樂問我。

「嗯……」我點點頭，想起兩年前那段痛苦的回憶。

高三的某天下午，剛上完數學課，我和好朋友子霞一起上洗手間。我們小解後，準備從洗手間出來之際，門外忽然出現四個不速之客。

「喲，這不是大明星陳婉珍嗎？」爲首的Nicole對我露出輕蔑的笑容。

「我不是大明星。」我客氣地回答。

「妳不是跑去拍平面照嗎？妳不是大明星？」Nicole咄咄逼人地問我。

「我沒想過要當什麼大明星，我去當平面模特兒只是想賺一點錢而已。」我謙虛地說。

「大明星，擺個pose來看看。」Nicole命令我。

「對啊，擺來看看啊！」站在她後面的三個女生跟著起鬨。

「不要理她們，走。」子霞在我耳邊偷偷說。

「算了，我不想惹麻煩。」我低聲回子霞。

「怎樣啦？不敢擺是不是？」Nicole問我。

「好，我擺。」我不是孬種，只是不想臉蛋受傷。

前陣子有一家網拍公司來到我們班級的網誌徵求正妹模特兒，班代把所有女同學的照片都寄了過去；當時大家都說Nicole希望很大，Nicole也勢在必得的認爲自己會上，結果被錄取的是我，所以她一直對我懷恨在心。

我認眞地擺了幾個pose，結果卻換來一陣揶揄。

「妳這種素質也敢跑去拍平面照？」Nicole冷笑。

「動作生硬，表情做作。」站在Nicole左邊的女生批評道。

「實在不怎麼樣啊！」站在Nicole右邊的女生附和。

「先走了。」我牽著子霞的手，欲逃離這場故意的侮辱。

「誰說妳可以走的？」Nicole用右手擋住洗手間的門口，不讓我們出去。

「我……我已經擺Pose了。」我說。

「妳剛才是在耍猴戲，不叫擺Pose！」Nicole邊說邊戳我的胸部，唸一個字戳一次，「再擺！擺到我滿意爲止！」

「喂！妳夠了吧？」子霞生氣地推開Nicole那隻一直戳我胸部的手。

「沒禮貌！」Nicole一巴掌狠狠摑在子霞的臉上，巨響貫進我的腦門，「我叫這個垃圾擺Pose給我看，妳插什麼嘴？」

「妳打我？」子霞摀住臉頰，心有不甘地看著Nicole。

「打妳又怎樣？」Nicole往子霞的右臉連摑三巴掌，把我和門外的其他同學都嚇呆了。

「停手，不要……」我抓住Nicole的手，擋在子霞前面。

「妳們兩個今天很嗆嘛，對老娘動手動腳的，不知道老娘的男朋友是誰嗎？」Nicole質問我。

「知……知道。」我趕緊放手，低下頭來，不敢看她。

「知道還敢動老娘？」Nicole往我臉上吐了一口口水，轉頭命令身後的女生，「把門鎖起來！」

站在Nicole後面的女生揚了揚雙手，驅趕欲靠過來看戲的同學，然後把洗手間的門關上；在她按下門鎖的那一剎那，Nicole立刻用右手抓住我的長髮不斷搖晃，左手呼我巴掌，然後用力把我的臉往鏡子甩。

我的鼻樑被撞向鏡子，腳跟著踩空，身體瞬即失去重心往下掉，剛受創的臉蛋撞向洗手台，造成二度傷害。

Nicole和她的三個跟班像嗅到血腥味的老虎，不斷攻擊倒臥在地上的我，我用雙手護著頭，任由她們的拳頭和髒鞋往我身上送。

以前當我看到網上那些被霸凌的影片，我身體裡的熱血總會在一瞬間沸騰起來，內心又急又氣地向影片裡的受害者吶喊：「反擊啊！爲什麼不打回去？」；然而在這一刻，當霸凌眞正發生在自己身上時，我卻選擇了默默被打。因爲我知道，只有十七歲的我，無法出國的我，沒有背景的我，渺小的就算橫屍街頭也不會引起社會關注的我，沒有反擊的資格，沒有打回去的本錢，我的對手是個爛貨，但她是個有黑道撐腰的爛貨！

「住手！」子霞衝到Nicole的身後，企圖拉開她和三個跟班。

「滾開啦！」Nicole一腳踢向子霞的肚皮，把子霞踢飛三尺外。

「不要打了！求求妳不要打了！」子霞摀住肚子跪了下來，求Nicole停手。

「吵死了！臭婊子！」Nicole轉身，一腳往子霞的臉上招呼，「妳很愛叫是不是？踢到妳不叫爲止！」

子霞一邊擦掉臉上的鞋垢一邊往後退，殺紅眼的Nicole再往她臉上補兩腳，子霞倒在牆角，畏懼地看著Nicole，求饒的眼神卻阻止不了Nicole的連環怒踢。

「不要打我朋友，求求妳！」我牙關一咬，擋住三個跟班的拳腳，拚了老命撲到子霞和Nicole之間。

Nicole的右腳繼續往子霞的臉上踩，我雙手抓住Nicole的右腳。

「妳還手？」Nicole怒瞪著我。

「不要打我朋友，求求妳……」我哭著說。

「妳竟然敢還手，我讓妳今年畢不了業，連學校都來不了！」Nicole大叫。
「子霞是無辜的，妳要打，就打我。」我說。
「我可是個善良的女孩子，是妳要求我打的喔！」Nicole連續往我臉上甩了五巴掌，每一巴掌都使盡了全力。
「吵死了！他媽的，老娘拉個屎也不得安寧！」就在我的腦袋昏昏沉沉地即將失去意識之際，一個全身滿是煙味、頭髮染了三種顏色的太妹從其中一格廁所間走了出來。
「可甄，救命。」子霞宛如看到救星，向太妹求救。子霞跟那個叫可甄的太妹是同班同學。
「媽的，妳是在屠殺喔？」太妹可甄看到重傷的子霞和我，不屑地問Nicole，「妳出手也太重了吧？」
「不關妳的事！」Nicole指著門口，吆喝可甄，「拉完屎就快滾，不然我連妳也打了！」
「老娘本來也不想留在這裡，但聽到妳這種語氣，老娘又不想滾了！」可甄手插著腰，向Nicole嗆聲。
「妳想怎樣？我男朋友是地路盟的喔。」Nicole恐嚇道。

「地路盟又怎樣？我男朋友是築海幫！」可甄挺起胸膛，報上名堂。

「我跟陳婉珍之間的恩怨，是我們班的事情，不用妳管，趕快滾！」Nicole用眼神逼她離開。

「老娘就是要管！怎樣？」可甄指著倒臥在地上的我，斬釘截鐵地說，「這個女生，老娘罩定了！」

可甄伸出右手，示意我起來。

我向可甄報以感激的眼神，把四根手指放在她的右手上，她奮力一拉，猶如女巨人般把我這個脆弱的矮人拉拔起來。

「怎麼辦？」其中一個跟班低聲問Nicole。

「這……」Nicole轉動眼珠子，猶豫了兩秒，最後深呼吸了一口氣，「打！管她的男朋友是誰，跟我作對就是打！」

Nicole語畢，快步衝到可甄面前，一拳往她的臉上送：「築海幫是哪根蔥？我們四個人，還怕妳虛張聲勢嗎？」

可甄往後跌倒，滿身都是髒水，兩個跟班把她扶起來，分別抓住她的左右手，另外一個跟班抓住她的頭髮，使可甄動彈不得；Nicole得意地笑了笑，往這個人肉沙包飽以老拳，手腳並用，毫不留情，噗啪作響。

可甄痛苦地哀叫，漸漸招架不住Nicole的拳頭

「現在怎麼辦？」被嚇得不知所措的子霞問我。

「開門，衝出去！」我說。

我趁四個惡女不注意之際，衝到門前扭開廁所的門鎖，子霞立刻奪門而出。

原本我也想馬上逃跑，但想到可甄剛才對我有恩，不能留她一個人在這裡被打，於是鼓起勇氣架住Nicole的脖子；可甄得到喘息的機會，突然發狠，先用牙齒咬向兩個跟班的手臂，再用頭顱撞開抓她頭髮的跟班，成功甩開三個跟班的糾纏後，抓住我的手快步溜出洗手間。

可甄牽著我的手一直往前跑，跑離了大樓，跑離了學校，最後跑到那座廟——他們的堂口。

「那天傍晚，Nicole跟她的朋友在新沙卡里巴商場逛街，我們築海幫一群人過去堵她，還揍了她好幾頓。」可甄一邊補花，一邊回憶那段讓人終身難忘的揍人歲月。

「那天我揍得最用力，揍到連無名指都流血了！」毓正指著自己的拳頭說，「哼！那個死婊子竟然敢打我的女朋友，也不先打聽一下我是誰！」

「那天是金爺和茶碗蒸第一次見面，之後金爺就瘋狂愛上茶碗蒸了。」可甄一邊摸牌一邊說。

「金爺是誰？」林樂問。

「我老大。」毓正挺起胸膛，驕傲地說。

「茶碗蒸天生麗質，連受傷的模樣也惹人憐愛，金爺愛她愛得要死，當天晚上就跟茶碗蒸告白了。」可甄說。

「當天晚上就告白了？」林樂張大了嘴巴，「那他有成功嗎？」

「開玩笑，我老大的字典裡從來沒有『失敗』這兩個字。」毓正囂張的語氣中帶著幾分崇拜，「我老大只要決定做某件事，就一定會成功，不然他絕對不罷休。」

對，他就是這樣的人。

我低著頭，想起那段不堪回首的過去。

當天晚上，金爺的手下在廟外的廣場架設了一個臨時電影院，他們以大白布搭了一個簡單的銀幕，銀幕下面擺了幾十張空椅子，椅子後面則放了一部投影機。

今天放映的是《海角七號》，幾十張椅子卻空空如也，我納悶怎麼沒有觀眾，可甄低聲告訴我那是給「另外一個世界的兄弟」看的，人類最好別逗留，以免沾到不明的陰氣。

電影放映之際，金爺的手下們在廟後面的空地上聚集，有些人在互相炫耀今天打人的英勇事蹟，有些人則玩牌打發無聊的時光。毓正和可甄把我拉到角落，跟我聊天打屁。

「妳的臉現在還會痛嗎？」可甄關心地問我。

「還是會。」我點點頭。

「那個Nicole太過分了！」可甄說。

「欸，妳叫什麼名字？」毓正問我。

「我叫陳婉珍。」我答。

「陳婉珍？好有趣的名字喔，妳平時很喜歡吃茶碗蒸對不對？」毓正問。

「還好啦，我比較喜歡吃雞腿。」我無奈地陪笑。

其實我很想回家，但不知道爲什麼他們一直把我留下來聊天，老是問一些無聊的問題，似乎不想讓我離開。

「我想回家了。」我說。

「時間還早，多待一會嘛！」可甄說。

「對啊，不然我的iPhone借妳玩好了，裡面有很多小遊戲喔。」毓正把他的iPhone塞到我手上。

毓正推薦了好幾個小遊戲給我，還很熱心教我如何操作，我只好硬著頭皮試玩，時間一分一秒過去。

我在某個方塊遊戲進入第九關之際，聽到廟外的音響聲消失了，取而代之的是吵雜的人聲，想必是《海角七號》播完了。

十分鐘後，毓正和可甄收回我手上的iPhone，把我帶到廟外的廣場。我看到廣場上擺滿了玫瑰花，四周充滿著濃郁的香氣，明亮的粉紅色燈光投射到銀幕上，呈現七個大字：「婉珍，我好喜歡妳！」。

銀幕下，十幾個大漢分別站在兩旁，屏氣凝神卻略帶興奮的表情似乎期待著好戲的上演，金爺手捧著一束鮮花對我露出燦爛的笑容；刻意打造的浪漫氛圍，跟他身上的惡龍刺青以及手下們所散發出來的殺氣，顯得有點格格不入。

可甄把我引領到金爺面前，金爺把鮮花遞給我：「婉珍，我想告訴妳，妳眞的很漂亮。」

「呃……謝謝。」我勉強地擠出笑容。

「收下。」可甄小聲提醒我。

「喔好。」我從金爺的手中接下鮮花。

「從今天起，妳是我罩的！」金爺拍了拍我的肩膀，氣魄凌人地說，「如果那個Nicole或者是她的男朋友敢動妳一根汗毛，就是跟我金蟾蜍過不去，老子絕對跟他們拚命！」

「唷呵！金爺好Man！」旁邊的大漢們鼓掌叫好。

金蟾蜍是他行走江湖的外號，由於他生財有道，替幫會賺進不少錢，因此幫會的元老們替他取了「金蟾蜍」這個外號。當然，手下們不會直呼他的綽號，所以都叫他金爺。

「婉珍，今天下午第一眼看到妳的時候，我就已經被妳迷住了。妳願意跟我交往嗎？」金爺擺出一個深情的眼神與我對望。

「唷呵！金爺好帥！好直接喔！」旁邊的大漢們情緒越來越高漲。

「婉珍答應他！婉珍答應他！」廣場上所有人紛紛起鬨，有些人的腰間還掛著開山刀，讓人不寒而慄。

「答應他吧。有金爺這個靠山罩妳，Nicole絕對不敢動妳，妳一定可以順利畢業。」可甄低聲對我說。

「我……」才跟金爺認識不到幾小時，我實在開不了口。

「婉珍，可以跟我交往嗎？」金爺有點著急，所以又問了我一次。

「答應他！答應他！」廣場上所有人越喊越大聲。

可甄對我使了個眼色，催促我趕快答應。

「好。」騎虎難下，在金爺的地盤上，我這個渺小的凡人沒有拒絕的權利。

「哈哈！婉珍答應了！今天晚上我請大家喝酒！」金爺手舞足蹈，慷慨地說。

「耶！唷呵！」廣場上所有人紛紛替金爺感到高興，再次見證了他的成功。只要金爺決定了做某件事，他從來沒有失敗過。

全場只有一個人高興不起來，還得陪笑……

「你千萬不要打茶碗蒸的主意，他可是我老大的女人。碰！」毓正一邊警告林樂，一邊碰走我丟到牌池上的「紅中」。

「沒想到妳有男朋友了。」林樂看了我一眼，表情略帶失望。

「對啊，我已經有男朋友了。」我笑了笑。現場只有我知道，這個笑容的名字叫無奈。

這兩年來，我一直渴望有一天金爺會主動向我提出分手，可惜這一天始終沒有降臨。

我也想跟其他女生一樣，交一個帥哥男朋友，但我知道這個夢想是一種奢侈；我不敢對林樂有非份之想，我能做的，只是多看他兩眼，然後把這份暗戀的情懷永遠埋藏在心裡。

02 他們三個恐怕要在醫院睡覺了

「其實我以前唸高中的時候也曾經被霸凌。」林樂說。

「是喔？韓國也有霸凌嗎？」可甄問。

「拜託！這什麼白痴問題啊？霸凌這種事全世界都會發生好嗎？韓國爲什麼沒有？」毓正沒好氣地對他的女朋友說。

「我看林樂長這麼帥，不像是會被霸凌的那種學生啊。」可甄說。

「屁啦！長得帥才是高危險群好嗎？」毓正對可甄翻白眼，轉頭拍了拍林樂的肩膀，「你放心，茶碗蒸的朋友就是我徐毓正的朋友，在台灣誰敢動你一根汗毛，我就砍誰！」

「欸，你不要講每句話都一副凶神惡煞的語氣好嗎？別嚇得林樂以後不敢跟我們打麻將。」可甄教訓毓正。

「哼，我就是夠凶才有能力罩人，我要是講話嗲聲嗲氣的，誰會讓我保護？」毓正說，「不然妳問茶碗蒸，問她喜歡我凶神惡煞，還是喜歡我像個娘們似的？」

「呃……其實我覺得你溫柔一點比較好。」我坦白地說。

「我又不是女生，那麼溫柔幹什麼？槓！」毓正邊說邊開槓。

「你還記得子霞吧？」我問毓正。

「子霞？」毓正想了一下，問我，「是不是妳唸高中時的那個好朋友？跟妳一起被Nicole欺負的那個女生？」

「對，就是她。」我說，「子霞當時覺得你們這些幫派份子很可怕，整天喊打喊殺的，所以高中畢業之後馬上跑到高雄找工作，不想跟你們有任何瓜葛。」

「哼，那是她沒福氣，疏遠我們就等於少了築海幫的庇蔭，她最好求神保佑不會遇到壞人。」毓正不以為然地說。

「子霞後來怎麼了？還有跟妳聯絡嗎？」可甄一邊摸牌，一邊好奇地問我。

「有啊，她一直都有跟我保持聯絡。」我說，「而且她下個月要結婚了。」

「什麼？子霞要結婚了？」可甄嚇了一跳。

「對啊，我有收到她的喜帖。」我點點頭。

「怎麼這麼年輕就結婚？」可甄問。

「她高中畢業後就跑到高雄工作了，老闆的兒子很喜歡她，對她熱烈追求。」我說，「對方滿有錢的，算是豪門等級，所以子霞趁對方一時衝動求婚，馬上就答應了他。」

「眞是的，枉我跟子霞是同班同學，她爲什麼發請帖給妳，卻不發給我？」可甄嘟著小嘴，有點醋意。

「對嘛！枉我當年還保護她好幾個月，結婚竟然不請我去喝喜酒，眞沒良心！」毓正附和道。

很簡單，因爲你們不是她的好姊妹，而我是。

子霞和我是從小學就認識的好姊妹，而你們兩個是以黑道的身分走進她的人生，她會發喜帖給你們才有鬼。

誰知道你們會不會掛著開山刀去喝喜酒，然後在婚禮上大聲吆喝：「你們放心！子霞的朋友就是我徐毓正的朋友，誰敢動你們一根汗毛，我就砍誰！」

當我還在想像毓正喝喜酒時大叫大嚷，嚇得那些上流豪門個個屁滾尿流之際，他卻突然大叫：「哈哈！自摸大三元！」

毓正攤開他的牌，好不得意。

我們瞄了一下那副牌，三張紅中，三張青發，三張白板，開槓九筒，五六七索，加一對三萬，的確就是百局難得一見的大三元。

「天啊，你運氣也太好了吧？」可甄說。

「哈哈哈哈哈！爽啊！」毓正一邊狂笑歡呼，一邊拿出iPhone拍下這歷史性的一刻，「這可是老子生平第一次胡大三元！」

「咦？你又換新手機啦？」我發現毓正手上的iPhone，跟我上次看到的那台又不一樣了。

「這是最新版的iPhone。」毓正說，「老子沒辦法忍受舊的東西，所以每次推出新版都會馬上買。」

「好有錢喔。」林樂羨慕地說。

「還好啦，幹我們這一行的，最重要是懂得過河拆橋，讓別人免費替我們做事，再用一些小手段逼他們退出，錢自然就進口袋了。」毓正一邊上傳照片，一邊炫耀自己做人處事的作風。

「喔……」林樂接不下去，不知道該怎樣回應毓正的坦白與可恥。

上傳成功後，毓正對他的女朋友說：「可甄，幫我按個讚吧，我把照片貼到facebook了。」

「好。」可甄聽話地拿出她的手機，連上facebook。

「哈哈！茶碗蒸，妳也幫我按個讚吧。」毓正說。

「哼。」我不太願意，「我輸錢耶，還要幫你按讚喔？」

「別那麼小器嘛，頂多這把不收妳錢。」毓正大方地說。

「我沒聽錯吧？大三元耶，不收錢？」我問。

「對啦！」毓正拍了拍胸脯，豪氣地大叫，「老子這輩子第一次胡大三元，只要妳幫老子按個讚，這把不收錢！」

「好啦。」我走到電腦桌前，用電腦連上facebook。

「哈哈哈！爽啊！太爽了！」毓正沉醉在勝利的喜悅中，還打算把「魔掌」伸到林樂身上，「欸，林樂，你也幫我按個讚吧？」

「可是我的手機不能上網耶。」林樂說。

「那你有facebook帳號吧？」毓正問。

「有啊。」林樂點點頭。

「有就好，我借你上網。」毓正把手上的iPhone遞給林樂。

「嗯。」林樂接過毓正的手機。

「哈哈！謝謝你們讓我胡了大三元，還幫我推讚！這把不收錢，另外明天我請大家吃早餐！」毓正豪爽地說。

毓正愉快的心情持續不到十五分鐘，因為他接著連續放槍五次，臉色也越來越難看。

「三筒。」毓正暴躁地把牌丟到牌池。

「胡！」可甄把牌攤開。

「幹！」毓正憤怒地拍桌，「第六把放槍了！搞什麼啦？幹！」

「你剛才胡的那把大三元，把你今天的運氣都花光了。」可甄說。

「他媽的！」毓正情緒失控地大叫，「枉我那把大三元不收你們的錢，結果現在還要倒賠幾百塊，幹！」

「叩叩。」門外有人敲門。

「這麼晚了，誰找妳？」可甄問我。

「不知道耶。」我聳聳肩。

「叩叩。」敲門聲再次響起。

「我去看看。」我站起，走到門前。

我把大門打開之際，看到門外出現三個陌生的大漢。

「你們是誰？」我問。

「我們是樓上的房客。」站在最前面的大漢說。

「請問有什麼事嗎？」我問。

「你們很吵，可不可以安靜一點？」站在右後方的大漢說。

「也還好吧？我們有很吵嗎？」身後的毓正不以為然地問。

「有，你們非常吵，我連你們當中有個廢物胡大三元沒收到錢，結果後面連續放六次槍都聽得一清二楚。」站在最前面的大漢說。

「哈哈哈！」可甄失笑。

「幹！」毓正火大了，一腳把桌子踢開，麻將牌子瞬即散落一地，「你說什麼？有種你再說一次！」

「我說，我連你們當中有個廢物胡大三元沒收到錢，結果後面連續放六次槍都聽得一清二楚。」站在最前面的大漢說。

「他媽的！你來討打的是不是？」毓正怒氣沖沖走到我旁邊，質問站在最前面的大漢。

「不是，我是來叫你們別再吵了，我們要睡覺。」站在最前面的大漢說。

「我就是要吵！怎樣？」毓正被惹毛了，故意發出怪聲音跟他們作對，「嗶嗶嗶嗶嗶嗶嗶嗶嗶嗶嗶嗶嗶嗶嗶嗶嗶，我就是要嗶一整晚，我看你們能怎樣！」

「不怎樣，會揍你而已啦。」站在最前面的大漢說。

「你知道我老大是誰嗎？」毓正一邊問那位大漢，一邊用力戮他的胸部。

「我不知道！放開你的髒手！」大漢把毓正推開。

「我老大是金爺，築海幫的金蟾蜍！」毓正大叫。

「沒聽過啦！誰啊？」站在最前面的大漢說。
「什麼金蟾蜍，銀蟾蜍的？」站在右後方的大漢問。
「我還金蟬脫殼咧！」站在左後方的大漢訕笑道。
三個大漢笑成一團，眼神帶著鄙視。
毓正被激怒了，他拿起門旁的雨傘，朝左後方的大漢敲去：「不要污辱我老大！」
最前面的大漢敏捷地搶走毓正的攻擊武器，往他的臉補上一拳：「你才不要打我的朋友！」
三個大漢也被激怒了，隨即圍毆毓正。
「金蟾蜍是吧？」某大漢往毓正的右臉送上一掌。
「我好害怕喔！」另一個大漢拳頭一揮，把毓正打趴在地上。
「不要打。」我拉著其中一個大漢的右手，請他停手。
「閃開啦！」大漢一巴掌用力往我臉上招呼，我踉蹌地往後退，最後還是失去重心，摔在地上。
「妳有沒有怎樣？」林樂把我扶起，關心地問我。
「沒事。」我揉著又痛又麻的左臉，故作堅強。

「連女生也打，太過分了吧！」林樂和可甄衝上前跟那群大漢理論。

「閃開啦！」其中一個大漢推開可甄後，往林樂的胸膛連送兩拳，再往腹部送上一腳，林樂被踹到地上。

林樂和可甄打不過那群大漢，眼睁睁看著毓正被揍。

「我管你老大是誰！別吵著我睡覺！」爲首的大漢一腳踢向毓正的肚皮。

「有老大就可以吵了嗎？」另一位大漢用鞋子對毓正的鼻子又踩又磨。

「你以爲自己是誰啊？」第三位大漢毫不留情地踹向毓正的下體。

「嗚……不要打了……嗚……」毓正挨不過，一邊摀著性器官，一邊低聲下氣地求饒。

「如果待會我還聽到你們的聲音，代價可不是只有這樣！聽到了沒有？」爲首的大漢用力踢向毓正的胸部，隨著毓正的慘叫聲，爲這場圍毆畫下句點。

三個大漢趾高氣揚，帶著勝利的姿態回他們的寓所。

毓正那張原本就已經很醜的青蛙臉，這一刻更醜了。

可甄走到毓正面前把他扶起來，我則走到林樂面前安慰他。

「林樂，你還好吧？」我問。

「還好。」林樂忍著痛楚說。

「對不起，我沒想到會發生這種事。」我內疚地說。

「沒關係，這不是妳造成的。」林樂說，「我認得他們其中一個，那個穿白色衣服的眼鏡男，他在馬路對面的早餐店打工。」

「你認識他？」可甄問林樂。

「不認識，只是看過他在早餐店打工。」林樂說。

「他們三個死定了！」可甄咬牙切齒地掏出手機，撥號出去。

「打給誰？」我問。

「妳男朋友。」可甄說。

五秒鐘後，對方接電話了。

「金爺，我和毓正被打了，你的女朋友也被打了！」可甄說。

「誰敢動我的女朋友？」金爺充滿怒氣而宏亮的聲音，在手機三尺外的我也聽得一清二楚。

「他們是住在茶碗蒸樓上的房客，總共有三個人，都是男的，身型都很壯。」可甄說。

「叫婉珍來聽。」金爺說。

我從可甄手上接過電話後，金爺問我：「小寶貝，妳被打了？」

「嗯。」我點點頭。

「有沒有怎樣？」金爺問我。

「很痛，現在還在發麻。」我說。

「被打哪裡？」金爺問。

「左臉。」我答。

「他們呼妳巴掌嗎？」金爺說。

「嗯。」我點點頭。

「他媽的！哪裡來的雜碎？連我金蟾蜍的女朋友也敢動？」金爺火大地問。

可甄把手機搶回去，激動地說：「金爺，他們還取笑你是金蟬脫殼，還笑說從來沒聽過什麼金蟾蜍。」

「沒關係，一個小時之後，我要他們一輩子記得金蟾蜍這三個字！」金爺說，「你們別走開，我現在就帶兄弟過去。」

掛掉電話後，可甄和毓正面露得意，原本氣憤的表情一掃而空。

可甄對我說：「待會有好戲看了！他們三個死定了！」

毓正對林樂說：「你有眼福了，待會見識一下我們老大的實力。」

03 道歉要脫光光才有誠意

二十分鐘後，金爺帶了五個兄弟來到我的寢室。

「有沒有怎樣？」金爺關心地問我。

「已經不痛了。」我說。

「他們住樓上嗎？」金爺問。

「嗯。」我說，「可不可以不要上去？」

「爲什麼不要上去？」金爺反問我。

「我不想事情鬧大，我不追究了。」我道。

「同意，我也不追究了。」林樂說。

「你們不追究，我追究！」毓正咆哮道，「剛才被打最慘的人可是我，我跟他們拚了！」

「我把兄弟都帶來了，總不能什麼都不做就回去吧？」金爺說。

「我也覺得要上去，那群雜碎剛才很囂張，毓正報金爺的名號，他們還一直嘲笑呢。」可甄說。

「等一下我會讓他們笑不出來。」金爺說。

「我帶路！我帶路！」毓正自告奮勇地舉手。

「走！」金爺說。

毓正帶著我們一干人等離開寢室，前往那三個大漢的寓所。

林樂本來想離開，卻被好事的毓正強拉著上去當觀眾。

走樓梯時，毓正一邊磨拳擦掌，一邊禁不住心裡的興奮對林樂說：「等著瞧！待會如果我不還他們五百拳，我就不姓徐！」

「徐毓正，我可以請你閉嘴嗎？」身後的金爺瞪大雙眼，一臉殺氣。

毓正轉頭，錯愕地看著他的老大。

「你這麼吵，如果他們聽到了，可能會有所防範。」金爺壓低音量，「他們要是不肯開門，誰負責撞門？你嗎？萬一是鐵門怎麼辦？你撞得開嗎？」

「呃……對不起，我沒想到這點……」毓正像條小狗似的向金爺賠不是。

「我們要當聰明的黑道，要懂得在適當的時候囂張，在適當的時候低調，然後給敵人重重一擊。」金爺說。

「是是是，金爺說得對，眞不愧是老大，佩服佩服。」毓正像個奴隸似的對金爺阿諛奉承。

「婉珍。」金爺突然呼叫我的名字。

「有。」我答。

「待會妳去敲門！」金爺命令我，「如果他們不開門，妳假裝道歉，誠懇一點，讓他們卸下心防。」

「呃……好。」我不敢抗命。

我們一干人等靜悄悄地走到上一層，只見寓所前大門深鎖，果然是一道鐵門。

「叩叩。」我輕輕地敲了敲門，其他人躡手躡腳地躲到陰暗的角落。

「誰？」寓所裡響起一個男聲。

果如金爺所料，他們沒有開門。

「我……我是樓下的房客，來道歉的。」我心跳加速。

「喲，你們也會道歉喔？剛才不是很囂張嗎？」寓所裡的男聲問。

我聽到屋內傳來冷笑的聲音，有男有女。

「其實我朋友人很好，剛才他連續放槍六次，氣瘋了，所以才會情緒失控。」我說，「我代替他向你道歉，對不起。」

「我想他剛才已經受到教訓了。」寓所裡的男聲說。

「好啦，我接受妳的道歉。」寓所裡的另一把男聲道。

「以後別那麼囂張，不然下次把你們揍到住醫院！」寓所裡的第三把男聲。

「哈哈哈。」那群大漢囂張地訕笑著，看來沒有打算開門。

太好了！千萬別開門，拜託！

事情鬧大了，對你們和對我都沒好處，你們會被圍毆，而我會多了三個住在同一幢大樓的敵人，搞不好還會被貼上黑道的標籤。

不遠處的金爺低聲命令我：「說妳有禮物送給他們。」

騎虎難下，我只好向寓所裡喊道：「對了，我有份禮物想送給你們。」

「什麼禮物？」寓所裡一把男聲問我。

「呃……是一些水果……」我腦袋一片空白，隨便亂掰。

「什麼水果？」男聲問我。

「榴槤。」我說出世界上最臭的水果，期盼他會嫌棄。

「哈，眞的嗎？榴槤是我這輩子的最愛耶！」男聲說。

我聽到屋內傳來腳步聲，越來越近，然後是門鎖被打開的聲音。

完了！你們慘了……

門把被扭開之際，金爺和他的手下們瞬即一擁而上，那個最愛吃榴槤的大漢還沒搞清楚是怎麼一回事，便被兄弟們強行壓在地上。

我想他永遠不會料到，這輩子最愛的榴槤，會害他在今天晚上遭到一場大浩劫。

我看到屋裡有二女三男，女生嚇得尖叫，男生一臉錯愕。

「你們是誰？」屋裡的兩個女生問金爺。

「我不想打女人，別逼我動手。」金爺對那兩個女生說，「我今天只打男人，妳們給我閃邊站，不然連妳們也一起打！」

「你們進來幹什麼？放開我朋友！」穿白色衣服的男生大叫。

「放你媽！」金爺命令身旁的兄弟，「給我打！」

金爺一聲令下，毓正和其他兄弟們立刻衝到兩個大漢面前，盡情拳打腳踢，不消半分鐘便把他們制伏在地上。

另外兩個女生瑟縮在角落，畏懼又無奈地看著她們的男伴被打。

金爺蹲下，用力拉扯著白衣男子的頭髮，使得白衣男子淒厲喊痛。

「你叫什麼名字？」金爺問砧板上的肉。

「我……我叫小黎。」白衣男子答。

「你們是誰罩的？說！」金爺問。

「沒有，我們沒有人罩。」小黎回答。

「你們沒有人罩，也敢呼我女朋友巴掌？不想活了是不是？」金爺殺氣騰騰地問。

「這都是誤會，我可以解釋，你先放手。」小黎說。

「誤會？」金爺往小黎的臉上連掃三巴掌，「敢打我的馬子，誤會？」

「剛才呼茶碗蒸的那巴掌，就是這個王八蛋打的。」毓正指著小黎，信誓旦旦。

「原來動手的人就是你啊？」金爺掏出手機，眼神淩厲，準備用刑。

「別亂來，有事慢慢講，我可以給你錢。」小黎眼看形勢不妙，企圖花錢消災。

「慢慢講個屁！」金爺舉起手機，往小黎的額頭用力一砸，清脆的碰撞聲響徹整個寓所。

「啊！」小黎的慘叫讓我目不忍睹。

「老子不需要你的錢。」金爺話鋒一落，再往小黎的顴骨送上一砸。

「啊——不要打了，你想怎樣？」小黎摀住流血的臉頰。

「我想玩弄你們，玩到你們永遠記得我爲止。」金爺說。

「放過我們吧，求求你。」小黎哭喪著臉說。

「剛才你們打我的時候，我求你們不要打，你有放過我嗎？」毓正質問道。

「我……剛才打你是我們不對，我向你們道歉，對不起，對不起。」小黎低聲下氣地說。

「老大，我覺得他這樣道歉，誠意不夠。」毓正說。
「那你覺得怎樣才夠誠意？」金爺問。
「起碼要脫光光道歉，才叫做有誠意。」毓正建議。
「好啊，叫他們脫光光道歉，我也想看。」金爺說。
「剛好我有帶iPhone，可以拍下來。」毓正邊說邊拿出手機，嘴角揚起好戲即將上映的興奮笑容。
「不要啊，拜託，這裡有女生耶。」小黎求饒。
「搞清楚！現在我是你的主人，由不得你說不！」金爺向手下喊道，「把他們身上的衣服扒光！」
毓正和五位兄弟強行拉扯三個大漢的衣服，他們嘗試反抗，無奈三人之力難敵六雙拳頭，最後一邊被打，一邊被脫得一絲不掛。
不只那三個大漢嚇得面無血色，連被硬拉上來看戲的林樂也嚇得目瞪口呆。
「出手太重了，不要再打了。」我小聲對金爺說。
「妳是在心軟什麼？他們三個剛才欺負妳耶！」金爺說。
「可是我跟他們住在同一幢大樓，以後見面會尷尬……」我說。
「如果妳怕的話，我可以給妳錢，妳去租別的學生公寓。」金爺說，「該追究的就要追究到底，妳不能因爲跟他們住在同一幢大樓，就選擇息事寧人。」

「站好！把小雞雞遮起來！」毓正命令已經被扒光的小黎。

「嗚……」小黎擦了擦臉上的鼻血，趕緊用手遮住重點部位。

「鞠躬道歉。」毓正命令道。

「對不起。」小黎乖乖照做，微微鞠躬。

「鞠躬啊！聽不懂喔？九十度才叫鞠躬！」毓正拿起桌上的遙控器，激動地往小黎的頭顱一砸，遙控器瞬間瓦解，電池和碎片撒落地上。

「對不起。」小黎忍痛鞠了一個九十度的躬。

毓正把爛掉的遙控器丟到一旁，隨手拿起桌上的鍵盤，直接砸向小黎的臉上，按鍵散落一地。

「我老大是金爺，築海幫的金蟾蜍，你現在知道他是誰了沒？」毓正問。

「知道了，知道了，不要再打了，嗚……」小黎低下頭，不敢正視金爺和我們一眼。

「如果你們敢再動我女朋友，或者是敢報警的話，我保證你們三個死得很難看！」金爺發下豪語。

「金爺，對不起。」三個大漢輪流向金爺道歉。

「媽的，還以爲是哪裡來的打架很強的流氓，搞了老半天，原來只是幾個小癟三而已。」金爺鄙視地看著小黎，語氣不屑，「早知道就不親自過來了，浪費我的時間。」

利。

接下來，毓正和一干兄弟連續圍毆了他們五分鐘，築海幫取得壓倒性的勝

受到驚嚇的林樂回寢室睡覺了，金爺接替林樂的位置，陪我們打了一整晚麻將。直到第二天早上八點多，依然沒有警察來按我寢室的門鈴，金爺很得意，因為他的名號嚇得小黎不敢報警。

然而我們沒想到，小黎雖然沒有報警，卻用另一種方法向我們展開報復。

＊　＊　＊　＊　＊

兩天後的晚上十一點多，我準備出門吃宵夜。

「叩叩叩叩。」我拿起鑰匙和包包之際，門外突然傳來急促的敲門聲。

「誰？」我問。

「我是林樂。」門外的男生說，「茶碗蒸，糟糕了！」

「什麼糟糕了？」我問。

「我們被『人肉』了！」林樂喊道。

「人肉？」我打開門，不解地看著門外的林樂。

「對！我們被網友『人肉搜索』了！」林樂焦急地看著我。

「怎麼回事？無緣無故的，我們爲什麼會被人肉搜索？」我還沒搞清楚狀況。

「妳還記得前幾天圍毆小黎，強迫他們脫光光的事吧？」林樂問。

「記得。」我點點頭。

從林樂的表情看來，我暗感事情可能已被張揚出去。

「當天晚上有人偷偷把過程拍下來，我和妳都有入鏡，而且今天被PO上網了！現在很多網友正在搜索我們的身分！」林樂說。

慘了……網上的人肉搜索很可怕，這下子我們恐怕要成爲「全國名人」了！

04 黑道只有低調，沒有低頭

我趕緊放下包包，轉身用電腦上網。

我打開林樂告訴我的網址，那是一個剛成立的facebook粉絲頁，裡面放了一段長達十分鐘的影片，記錄了金爺要狠痛毆小黎、要求他們脫光衣服道歉、毓正和一干兄弟圍毆三人的經過。

而在影片下面，是一連串網友對我們的譴責與謾罵。

「這個拍攝角度……該不會是躲在角落的那兩個女生偷拍的吧？」我說。

「對！就是其中一個女生用手機偷拍的，這段影片是她PO上網。」林樂說，「沒想到她偷拍的技術那麼好，我們竟然沒有人發現，我覺得她大學畢業之後可以去當狗仔隊了。」

「現在不是探討別人畢業後可以做什麼工作的時候好嗎？」我沒好氣地說。

「妳看這幾篇留言，最近十五分鐘留的。」林樂指了指螢幕，一臉不安，

我瞄了那些留言一眼，嚇得冷汗直流：「天啊！有人公布我們的個人資料！」

林樂納悶地問：「這些網友也太神通廣大了吧？爲什麼會找到我們的資料？」

我說：「學校裡有認識我們的同學，廟的附近有認識金爺的居民，這些人都有可能暗中公布我們的資料。其他不認識我們的人，也可以在網上根據一些蛛絲馬跡，搜索到我們以前做過什麼事。」

我詳細閱讀那些留言，其中兩篇是林樂和我的真實姓名、學校班級和手機電話，另外三篇是金爺、毓正和可甄的眞實姓名、平時在哪裡混、在築海幫的地位……等資料。

電話來了。

手機的鈴聲突然響起，把我從不知所措的國度拉回現實。

「喂。」我按下通話聲。

「喂，請問是陳婉珍小姐嗎？」對方問。

「我就是。」我答。

「我操妳媽！」對方破口大罵。

「幹嘛罵人？你哪位啊？」我生氣地問他。

「妳也會怕被罵喔？有膽量霸凌別人，沒有膽量承擔後果嗎？」對方反問我。

「你敢再打來騷擾我，我就報警！」我憤怒地說。

「喲，我好害怕啊！黑道恐嚇我耶！還要報警抓我耶！」對方挑釁地說。

我氣得滿臉通紅，立刻掛掉電話。

「誰打來的？」林樂問我。

「不知道，他打來問候我媽媽。」我嚥不下這口氣。

「不要難過了，我想那個人可能是神經病。」林樂安慰我。

此時，林樂和我的手機鈴聲同時響起。林樂拿起手機，猶疑的拇指徘徊在通話鍵上。

「不要接。」我叮嚀他，「不過是一些自以爲正義的人打來罵髒話而已，不聽也罷。」

「說得也是。」林樂把手機放回褲袋。

我把視線挪回螢幕，看到一堆不堪入目的謾罵。

> 徐毓正，我操你媽的跩個屁喔！我詛咒你被車子撞死！全家死光光！
>
> 陳婉珍妳這個吃屎長大的王八蛋！
>
> 築海幫是哪根蔥啊？趕快死一死啦！

林樂你以為自己長得很帥嗎？你只是一個心腸狠毒的大爛貨而已！

「那天晚上我只是在旁邊看而已，幹嘛罵我是心腸狠毒的大爛貨？」林樂指著留言，一臉無辜。

「所謂人肉搜索，不過是一群壓抑已久的人打著正義的名號，用嘴巴和文字使用暴力罷了。」我不以爲然地說，「網友說我們霸凌，他們現在還不是一樣在霸凌我們嗎？」

「我們現在該怎麼辦？放任他們一直罵我們嗎？」林樂問。

「道歉。」我說，「要降低傷害，道歉是最有效的方法。」

「就算我們道歉，他們還是會罵吧？」林樂說。

「至少罵的人會少一點。」我說，「你上facebook發表一篇道歉聲明，我自己也發表一篇。」

「好。」林樂點點頭。

林樂轉身，快步跑回他的寢室。

我用右手打道歉聲明，左手撥號給金爺。

「小寶貝，怎麼了？」金爺問我。

「出大事情了。」我說。

「什麼大事情？」金爺問。

「小黎他們報復了。」我說。

「他們打妳嗎？」金爺緊張地問。

「沒有。那天晚上有個女生用手機偷偷拍下你們圍毆的過程，他們不但把影片放上網，還發動人肉搜索。」我說。

「哼，賤貨，打不贏我們，想用群衆的力量來反擊？」金爺不屑地說，「那他們有人肉搜索到什麼東西嗎？」

「網友把我們每個人的眞實姓名都找出來了，林樂和我的手機號碼還被貼到網上，還有你在築海幫的身分，手下多少，也都被爆出來了。」我說。

「鬧這麼大？媽的！這種雞毛蒜皮的小事，就不要弄到警察上門找我麻煩。」金爺說。

「現在的情況有點嚴重，我覺得警察有可能找上門。」我說。

「婉珍，妳幫我聯絡毓正、可甄和那個什麼林樂，叫他們一小時後到廟裡跟我開會，我們幾個人來串供一下。」金爺說。

「林樂跟我們不是同夥的。」我說。

「我不管，他一定要來，不然將來可能會在警察面前說出不利我的供詞。」金爺說。

「他畢竟是外人，不一定會來。」我說。

「他要是不來，我就把他砍了！」金爺語帶威脅。

＊＊＊＊＊

一小時後，我把林樂、毓正和可甄帶到廟裡的小房間，金爺早已坐在主席位恭候，他身後的手下們個個神情肅殺。

坐下來後，我打開筆記型電腦，連往那個facebook的粉絲頁，讓金爺看看我們被人肉搜索的「盛況」。

「他媽的！那幾個王八蛋眞狠，竟然用人肉搜索這一招對付我們。」毓正生氣地說，「待會我就帶幾個兄弟去砍他們，讓他們知道我們不好惹！」

「別想太多了，你砍不到他們的。」我說。

「這個世界上會有我徐毓正砍不到的人嗎？」毓正傲慢地說。

「剛才出門之前，林樂和我有上去看過，發現他們已經搬家。」我說，「他們就是因爲搬走了，沒有後顧之憂，所以才敢發動人肉搜索。」

「哼，懦夫！」毓正說，「沒關係，反正那天晚上我們圍毆的時候，有問到他們三個人的名字，我們有心要找的話，一定可以找得到他們，躲不掉的。」

「我記得他們其中一個姓黎，另外兩個姓關和姓謝。」可甄回憶道，「林樂那天晚上曾經提過，穿白色衣服的那個男生在早餐店上班，對嗎？」

「呃……對啊。」林樂戰戰競競地點頭。

林樂被我半請半哄拉過來開會，他早被這裡的氣氛嚇壞了，我覺得很不好意思。

「婉珍，妳剛才說妳和林樂出門之前有上去看過？有發現什麼嗎？」金爺問我。

「都是空的，什麼都沒有發現。」我說，「我們本來想上去道歉，拜託他們把影片拿掉，沒想到他們已經搬了。」

「你們本來想上去道歉？」金爺眉宇間流露著驚訝，「我下面有一班兄弟，我有辦法讓他們三個求生不得，求死不能。妳身為我的馬子，卻跑去跟他們道歉？」

「就目前的情況來說，盡快道歉才能把傷害降到最低。」我說。

「黑道有黑道的做法，從來就只有別人向我們道歉，妳不要丟我的臉！」金爺氣得拍桌子，「下次沒有我的指示，我不准妳再擅自行動！」

「網上的人肉搜索很可怕，隨時有可能發展到全國都知道。」我說，「如果你用黑道的方法來處理，後果會很嚴重。」

「妳可以不要在兄弟面前跟我頂嘴嗎？」金爺問我。

「我只是想提醒你，事情可能沒有你想像中的那麼簡單。」我說。

「我不需要妳來提醒！」金爺生氣了，「黑道只有低調，沒有低頭！」

「老大說得對！」毓正附和道，「就算全國知道又怎樣？等鋒頭過去了，沒有人關注這件事之後，我們再去把他們三個關起來，每天毒打一頓，誰能拿我們怎樣？」

「婉珍，永遠記住，妳是我的女人。」金爺道，「妳要是道歉，道上的人會怎麼看我？」

「道上的人一定會到處說老大是懦夫，爲了擺平事情，竟然叫自己的女人出面道歉。」毓正說。

「對！那我的面子要往哪裡擺？我以後怎樣出來混？」金爺說。

「其……其實我和林樂已經在網上道歉了。」我坦白地說出這個他不願意知道的事實。

「啥?妳道歉了?」金爺一愣，手中的香煙掉到桌上。

「嗯……剛才出門之前，我和林樂已經在網上發表了道歉聲明。」我說。

「他媽的!臉都被妳丟光了!」金爺激動地站起來，大聲咆哮。

「總不能什麼都不做，讓事情繼續惡化啊!」我說。

「這種事情只要忍耐一下，過兩天大家就會被其他新聞分散注意力，妳幹嘛在全世界面前道歉?」金爺氣瘋了，「妳這麼喜歡當好人，要不要乾脆把所有財產送給他們作為補償?」

「我眞的沒想到道歉會讓你沒面子。」我說。

「徐毓正!」金爺轉頭，怒喊。

「有。」毓正吞了吞口水，有點被怒髮衝冠的金爺嚇倒。

「我不管你用什麼方法，盡快把姓黎、姓關和姓謝的那三個雜碎找出來!」金爺命令道，「敢在老子頭上動土，我要讓他們三個嚐嚐生不如死的滋味!」

「好，我盡快。」毓正點頭。

「可不可以收手，不要把事情鬧大了?」我問。

「妳可以不要在兄弟面前跟我唱反調嗎?」金爺火大地瞪著我，「我說盡快找，妳說不要找，現在到底誰才是老大?」

「拜託啦，先收手好不好?」我感到事情發展下去會很嚴重，低聲下氣哀求他。

「收妳媽！」金爺再也壓不住心裡的怒火，一巴掌打在我的臉上。

「啪！」

我錯愕地看著金爺，這是他兩年來第五次呼我巴掌，但這一次是最痛的。

「整件事的罪魁禍首就是妳！那天晚上要不是聽可甄說妳被打了，我才不會親自出馬處理這種雞毛蒜皮的小事！」金爺罵我，「妳害我惹來這身麻煩，現在又老是跟我頂嘴，妳很想挨揍是不是？」

「喂！別打！」林樂衝了過來，擋在我的身體前，「男人不可以打女人喔。」

「滾開啦！」金爺手一揮，把林樂推到旁邊，「別以爲你是外國人，我就不敢用美工刀在你身上畫畫！」

金爺憤怒的視線再次回到我身上，正要舉起右手再掃我一巴掌之際，林樂再次衝了過來，擋在我和金爺之間。

「有事慢慢講，你不要亂打人。」林樂張開雙手，身體形成一個「大」字。

金爺不耐煩地向身後的兄弟們使了個眼色，林樂頃刻被六個大漢團團圍住。

05 離不掉的戀人，脫不掉的麻煩

六個大漢輪流擠壓林樂，有的拔他頭髮，有的捏他屁股，有的踢他膝蓋，視他爲玩具。

「停手！別擠了！你們以爲人多就可以亂來了嗎？」林樂大叫。

「對，我就是可以對你亂來，怎樣？」金爺手插著腰，傲慢地說，「在這裡，我就是神，我就是法律！」

「林樂，別說了。」我看著他，把食指放在嘴唇上。

「你打人是不對的，你不要再打茶碗蒸了！」林樂說。

「好，我不打婉珍。」金爺推開其中兩名大漢，走到林樂的前面，「我打你！」

金爺連呼林樂七個巴掌，每一掌都發出巨響。

「不要打了。」我不忍地衝上前，但被其中一個兄弟攔住。

林樂痛得無法站立，倒在其中一個大漢的胸膛上。

金爺從桌上的零錢箱裡抓起一把銅幣，問林樂：「敢跟我嗆聲，膽子眞不小，你現在知道誰才是老大了嗎？」

林樂不屑地說：「你只不過是仗著人多欺負我而已！老什麼大？」

「他媽的！」金爺以右手抓住林樂的雙頰，使他雙唇張開，然後把手中的銅幣全部塞進林樂的嘴巴裡。

「嗚……嗚……噗……」林樂一邊掙扎，一邊吐出嘴裡的銅幣，表情痛苦。

「外國人，我警告你，如果警察找你問話，而你敢出賣我的話，下次我會讓你直接吞錢，吞三十次！不只是含而已！聽到了沒有？」金爺語帶恐嚇地問林樂。

「噗……嗚……噗……」林樂忙著把嘴裡的銅幣吐出，沒辦法回答他。

「條子來了！條子來了！蔡組長帶了一隊人馬過來！」在房間外面把風的兄弟們突然大喊。

「靠！警察找上門了？」毓正一臉恐慌。

「該不會是爲了人肉搜索那件事來抓人的吧？」可甄問。

「動作眞快。」金爺重重地用鼻子呼出一口氣，雙手放開林樂，氣定神閒地回到主席位，「大家冷靜，不要緊張。待會不管他們問什麼，都回答不知道、忘記了、不是我。」

十秒後，蔡組長領著八個警員走了進來。

「長官好。」金爺不慌不忙地笑了笑，牙齒呈現詭異的暗紅色，見證著這些年來他吃過多少檳榔。

「金蟾蜍，你這次也玩太大了吧？」蔡組長說。

「什麼玩太大？」金爺裝傻地問，「長官，我不懂你在說什麼。」

「有人檢舉你擅闖民居打人，影片還被放到網上了。」蔡組長環顧四週，分別瞄了我、林樂、可甄和毓正一眼，冷笑道，「哼，每個當事人都在，你們在串供是嗎？」

「沒有啦，長官，我們只是開會討論一些事情而已。」金爺說。

「討論什麼事？」蔡組長問。

「廟裡的事。」金爺說。

「少來。」蔡組長指著林樂，質問金爺，「像你這麼謹慎的老狐狸，會跟外人討論廟裡的事？以爲我第一天認識你嗎？」

「我爲什麼不能跟外人討論廟裡的事？」金爺指著林樂，「我請這位大學生過來，是想請教他怎樣行銷我們的廟，將來我們還打算推出集點公仔吸引人潮咧！」

「什麼集點公仔？」蔡組長問。

「客人每次來添香油錢，就可以得到一點，集滿十點就可以換一個公仔。」金爺說。

「我聽你在放屁！」蔡組長沒好氣地說，「你光是賣違禁品和收保護費就賺不少了，還需要推出集點公仔賺香油錢嗎？」

「長官，別亂講話喔，我可是良好市民。」金爺說。

「騙誰啊？良好市民會擅闖民居亂打人嗎？」蔡組長說，「起來吧，跟我回警察局。」

「長官，沒那麼嚴重吧？」金爺的屁股沒有起來。

「你這次鬧太大了，我沒辦法不抓你回去調查。」蔡組長說，「你要不要看一下廟外面？」

我們往窗外一瞧，發現廟外有幾十個年輕路人在圍觀，臉上都掛著等看好戲的欠揍表情。

「他們是誰？」毓正問。

「網友吧。」我說，「看他們的年紀和打扮，應該都是大學生。」

「金蟾蜍，你最好馬上跟我回去，動作快點。」蔡組長告誡道，「待會可能有狗仔隊跑來採訪和拍照，你就等著成爲明天的頭條人物吧。」

「好，我跟你回去。」金爺向現實低頭，屁股終於乖乖起來。

「把其他當事人也一起帶回警察局。」蔡組長吩咐身後的警員。

「是！」

林樂和我才剛脫離被揍的夢魘，沒想到馬上又要面臨白道的挑戰。

＊　＊　＊　＊　＊

我們在警察局接受了長達數小時的盤問和告誡，歷經多番疲勞轟炸後，警方才讓林樂、我和可甄回家。由於金爺、毓正和一眾手下有動手打人，所以他們仍然被扣留。

我們三人離開警察局，在冷清的街道上等計程車時，可甄慶幸地說：「幸虧那天晚上老娘沒有動手，不然現在還在裡面。」

「能出來也不見得比較自由，我們隨時要回來協助調查。」我說。

「能出來，至少可以叫其他兄弟對付小黎。」可甄說。

「不好吧？」我說，「現在事情在鋒頭上，妳還想對付小黎？」

「是金爺的指示。」可甄掏出一張小紙條，遞給我，「妳看，這是金爺剛才趁警察不注意，偷偷塞給我的。」

我瞧了小紙條一眼，上面寫著：「交給阿州，請他帶人去早餐店揍小黎，務必問出姓謝和姓關兩個人在哪裡。不要帶熟面孔，找剛進幫會的去揍，萬一被警察抓了，不准提築海幫。」

我搖搖頭：「我知道金爺很想出一口氣，但他這樣做只會爲我們帶來更多的麻煩。」

「不會啦。」可甄說，「金爺和毓正在警察局，沒辦法對外通訊，就算警方要查小黎爲什麼被揍，他們兩個可以完全撇得一乾二淨。」

「可是警察會懷疑我們三個啊！」我說。

「不會啦。」可甄說，「我們兩個手無寸鐵的女生，一個來台讀書的外國人，本來就沒有能力帶人圍毆。他們要懷疑，就隨便他們吧，反正阿州做事一向很小心，口風很緊，警察不可能查到是我們。」

「可不可以假裝把小紙條弄丟？」我求可甄，「拜託，不然以後警察會常常找我們三個麻煩。」

「不行。」可甄從我手裡收回小紙條，斬釘截鐵地說，「這是金爺的命令，我一定要把它交給阿州。」

林樂和我共乘一輛計程車回家，回到寓所已是凌晨五點多。

我一邊卸妝一邊連上那個facebook的粉絲頁，看到力挺人數已經超過一千人，留言盡是嘲諷與人身攻擊，平均半分鐘就會多一篇新的留言，看來這股反暴力的熱潮大概還要持續兩三天。

「叩叩叩。」門外有人敲門，「是我，林樂。」

「怎麼了？」我放下卸妝棉，站起來把門打開。

「我有點心緒不寧，所以想找妳聊一聊。」林樂說。

「我也是，腦袋很亂。」我指了指一旁的椅子，「坐。」

「妳在看那個粉絲頁喔？」林樂坐下來後，瞄了一眼我的電腦螢幕，好奇地問。

「嗯，罵我們的人更多了，很多人都抱著落井下石的心態。」我說。

「唉，要不是金爺，我今天也不會淪爲全國名人。」林樂有點生氣地說。

「對不起，我替我男朋友向你道歉。」我內疚地說。

「妳不用替他道歉，做壞事的人是他，該道歉的人是他！」林樂說。

「謝謝你剛才願意陪我去見金爺。」我感激道。

「我們同樣被人肉搜索，我以爲金爺會跟大家討論怎樣道歉，所以我才跟妳去。」林樂說，「結果沒想到他不打算道歉，還揍了我們一頓，什麼爛人嘛！」

「害你在廟裡被打了，對不起。」我無奈地說，「他是個黑道，他的想法跟一般人不同，他習慣用黑道的方式處理事情。」

「我現在知道了。」林樂說，「不過說眞的，茶碗蒸，我覺得妳不像是黑道的女人耶。」

「怎麼說？」我問。

「我以前遇到妳，大部分的時候妳都低著頭，很害羞，一點黑道的架勢都沒有。」林樂說。

我心頭一陣高興，林樂竟然注意到我大部分的時候都低著頭，這表示他常常留意我，關係不僅只是鄰居或路人而已。

「沒事幹嘛要擺出黑道的架勢呢？我只想平平安安的唸完大學，好勇鬥狠對我一點好處都沒有。」我說。

「眞難得。」林樂說，「如果是其他女生，交到金爺這種男朋友，可能會到處作威作福。」

「我不愛金爺，所以我不想以黑道的女人自居。」我說。

「妳不愛他，爲什麼不跟他分手？」林樂問。

「金爺勢力那麼大，我哪敢跟他提分手？」我嘆道，「唉，兩年前他在一衆兄弟面前，用那種硬壓著人上架的方式向我告白，如果我當時有勇氣拒絕他，現在就不用陷入這種窘境了。」

「如果妳當時拒絕他，可能連高中都畢不了業。」林樂說。

「那倒是。唉，只能說一切皆是命，半點不由人。」我道。

「我覺得金爺很暴力耶，剛才還呼妳巴掌，看得我心很痛。」林樂說，「他平常也是這樣對你嗎？」

「交往兩年來，他打過我五次。」我苦笑道，「其實也沒有很多次啦，一隻手有五根手指頭，剛好數得完。」

「一次都不行！更何況是五次！」林樂激動地說，「女生是用來疼的，不是用來打的！」

「我也只能挨打，沒辦法了。」我聳聳肩，「我只能等待某一天他突然不再愛我，跟我提分手，那我才能解脫。」

「為什麼妳不主動跟他提分手呢？萬一金爺六十歲才不愛妳，難道妳要等到六十歲嗎？」林樂道。

「我沒勇氣。」我說。

「我給妳勇氣！」林樂語畢，開始高唱梁靜茹的名曲，「愛真的需要勇氣，去面對流言蜚語……」

「噗嗤，哎唷，你的腔調好好笑喔。」我忍俊不禁，好喜歡聽他用怪怪的口音唱歌。

「妳喜歡聽的話，我以後常常唱給妳聽。」林樂說。

「好啊！」我道。

「茶碗蒸，我覺得妳跟在金爺這種人的身邊很危險。今天他敢對妳動粗，將來他也敢對妳做其他壞事。」林樂說。

「他能對我做什麼壞事？」我問。

「很多啊，將來有一天妳變得不漂亮了，他可能不會跟妳提分手，而是叫妳簽一些奇奇怪怪的借據或契約，然後要妳替他頂罪。」林樂說，「妳好好考慮一下吧，人生是妳自己的，爲什麼要讓一個壞人主宰妳的命運？你們的結局可能不是分手，而是妳坐牢，他繼續風流快活。」

「可是我沒有背景，也不能出國躲起來，我有什麼資格跟他提分手？」我說。

「如果妳有心要躲起來，換個身分重新生活，他找不到妳，能對妳怎樣？」林樂問。

「全國各地都有築海幫的兄弟，怎麼躲？事情沒有那麼簡單啦。」我說。

「問題出在妳的決心。」林樂說，「只要妳有心，他一輩子都找不到妳。」

「是沒錯，不過眞的有難度。」我說。

「那妳想不想脫離他？」林樂認眞地看著我的眼睛。

我看著林樂那雙性感的瞳仁，內心掙扎地思考著他的問題。

我當然想脫離金爺，這兩年來我一直在想，但要實行嘛……我還是缺乏勇氣。

「我知道有難度，但我支持妳。」林樂說，「如果妳哪一天下定決心了，跟我說一聲，我願意陪妳一起亡命天涯。」

「還亡命天涯咧，說得好像拍電影一樣。」我既好氣又好笑，「世界這麼小，我們能亡命到哪裡？」

「可以去台中。」林樂說。

「台中？」我納悶地問。

「我有一個國中同學最近來到台灣，在台中一家公司當翻譯員，我們可以去投靠他。」林樂說。

「你的國中同學可靠嗎？」我問。

「我向妳保證，他絕對是個好人。」林樂說。

「其實我也有想過要脫離金爺，不過我眞的需要一些時間考慮。」我道。

「嗯，那妳好好考慮一下。」林樂說。

我不經意地瞄了窗外一眼，發現馬路對面的早餐店開門了，店裡除了老闆之外，還有一張熟悉的面孔！

「天啊！」我大叫。

「什麼事？」林樂問。

「小黎在上班！」我指著窗外的早餐店。

「這個時候還敢上班？他都不知道要躲一下鋒頭嗎？」林樂盯著早餐店的小黎。

「他只是一個普通人，也要賺錢和生活啊。」我嘆道，「唉，他慘了，待會阿州可能會帶小弟來揍他。」

「除非我們過去通知他，叫他趕快落跑。」林樂說。

「如果我們這樣做，就等於跟金爺作對。」我說。

「要救他嗎？」林樂問我，「我有點想救他耶。」

我惆悵地看著早餐店的小黎——這個讓林樂和我成爲「全國名人」的傢伙。

我該救他嗎？還是該沉默，看著他迎向下一場悲劇？

我連自己都救不了了，我這個泥菩薩要怎麼多救一個人？

06 被毒打五分鐘就可以換一個LV

「走！」我站起來，對林樂說，「我們過去通知小黎。」

「不過……」林樂欲言又止。

「不過什麼？」我問。

「小黎現在應該把我們當仇人吧？他會理我們嗎？」林樂憂慮地問。

「顧不了那麼多。」我說，「小黎要是被揍，他會受傷，我們也會惹來更多的麻煩。」

林樂和我下樓後，匆匆走到馬路對面的早餐店。

小黎看到我們出現，激動地問：「你們來幹嘛？」

「金爺的手下等一下會來打你，你趕快跑！」林樂說。

「你們還想打我是嗎？幹！不知道網上大家都在人肉搜索你們嗎？」小黎大聲吆喝我們，「別以為你們是黑道就了不起！我也是有人罩的！」

「我們來只是想提醒你趕快離開這裡。」我道。

「不然待會被圍毆，可別怪我們沒有過來提醒你喔。」林樂說。

「還敢來恐嚇我是嗎？」小黎拿出手機，把鏡頭對著林樂和我，迅速按下快門。

「喂！別拍！」林樂伸手阻止，小黎卻機警地往後退。

「放什麼手？你們兩個有膽來恐嚇我，卻沒有膽被拍照是嗎？」小黎語畢，又拍了一張。

「我們兩個是無辜的！我不是什麼黑道！」林樂大呼冤枉。

「黎先生，你先冷靜回想一下，那天晚上我們兩個有打你嗎？」我問小黎。

「那天……是沒有啦，可是你們有在旁邊看我們被打啊！」小黎說。

「有在旁邊看，不代表我們就是同夥，我是被迫上去看的。」林樂委屈地說。

「霸凌別人還有臉說自己是被迫的？你乾脆說你媽媽當年生你這個王八蛋也是被迫的好了！其實她寧願墮胎！」小黎口不擇言地說。

有時候我會覺得，某些人之所以被打，其實一點都不意外，甚至可以說是一種命中註定。

我上下打量著小黎，這個傢伙嘴賤囂張，得理不饒人，對付這種人絕對不能低聲下氣用軟招。

「命是你自己的，要不要離開，隨便你！」我冷冷地撂下狠話後，便轉頭對林樂說，「走！」

林樂和我悻悻然離開，伴隨著小黎不堪入耳的謾罵聲。

回到寢室後，我忍不住走到窗前，偷偷觀察對面的早餐店。我窺見小黎不斷向老闆哀求，但老闆似乎不太領情，最後小黎放棄溝通，轉身快步離開早餐店，留下一臉錯愕的老闆。

我鬆了一口氣，幸虧小黎還是理智的選擇逃命，而沒有留下來用自己的身體跟我們賭氣。

十五分鐘後，預期中的事情發生了，我從窗戶看到阿州帶著五個小弟來到馬路對面的早餐店！

阿州凶神惡煞地向早餐店老闆問話，但老闆的回答顯然讓他很不滿意；經過三分多鐘的折騰，阿州看來問不出什麼所以然，火冒三丈的他呼了老闆好幾個巴掌，便帶著小弟們揚長而去。

而經過十幾個小時折騰的我，看完這一幕之後再也抵不過睡意，眼皮終於完全垂下，倒在床上拜會周公。

＊　＊　＊　＊　＊　＊

醒來已是傍晚。

正當我站起來準備打開電腦之際，手機鈴聲突然響起。

我拿起手機一看，來電顯示出現「男朋友」三個大字。

「婉珍，是我。」金爺的聲音。

「你還在警察局嗎？還是交保出來了？」我問。

「我出來了。」金爺說，「婉珍，妳現在過來廟裡。」

「什麼事？」我問。

「問那麼多幹嘛？給我過來就對了。」金爺不耐煩地說。

「可以晚一點再去嗎？」我問，「我剛起床，想先上網看一下人肉搜索的最新進度。」

「妳還有心情關心別的事喔？妳知不知道自己闖禍了？」金爺問我。

「什麼禍？」我打開電腦。

「妳今天早上爲什麼向小黎通風報信，叫他離開早餐店？」金爺質問我。

「你怎麼知道？」我詫異地反問他。

「現在廟裡所有人都知道了，人證和物證我們都有。」金爺說，「早餐店老闆把事情經過都已經告訴阿州，這就是人證。下午小黎把妳和林樂早上去找他的照片放上facebook了，我們在電腦裡看得一清二楚，這就是物證！」

不會吧？

小黎，你腦袋有問題嗎？林樂和我特地跑去救你一命，你不但不懂感恩，還把我們的照片貼上網，你到底有沒有思想啊？

你是為了博取大家更多的同情，還是為了爭取大家更多的目光，讓自己更紅？

為了你想紅，把我害慘了！

「現在廟裡的人對妳很不爽，尤其是阿州。」金爺對我說，「向外人通風報信是江湖大忌，妳這種做法等於是出賣幫會。」

「我只是不想讓事情鬧得更大。」我說。

「妳是在丟我的臉！」金爺破口大罵，「馬子竟然帶頭跟我作對，操！妳叫我以後怎麼管手下？」

「對不起。」我誠懇地道歉，企圖大事化小。

「這件事不是一句對不起就能平息，妳必須負一點責任。」金爺說。

「怎麼負責？」我問。

「妳現在過來廟裡就知道。」金爺沒有正面回答我的問題。

這些年來，每一次他叫犯忌的手下回去「執行幫規」的時候，都是用這種迴避的語氣。

我不禁毛骨悚然，心跳加速。

「該不會是執行幫規吧？」我直截了當地問他。

「問那麼多幹什麼？叫妳來，妳就趕快過來。」金爺不爽地說。

「如果是執行幫規的話，我不願意去。」我道。

「妳總得爲自己的行爲負責，也得給我一個台階下，不然我的面子往哪裡擺？」金爺壓低音量說。

「負什麼責？爲了你的面子，要我回去受皮肉之苦？」我生氣了。

「國有國法，幫有幫規，現在廟裡很多兄弟等著看我交代，妳不要讓我難做。」金爺的音量壓得更低了，「妳放心，待會我出手不會很重，我們就演一場戲，妳假裝被我打得很痛，五分鐘很快就過去了。」

「不要。」我斬釘截鐵地說，「我不想被打，一分鐘都不想，更何況是五分鐘。」

我看過金爺執行幫規，受刑者要接受長達五分鐘的酷刑，期間不得反抗，否則時間加倍。輕者只受金爺一人痛打，重者須接受三人以上用棍子圍毆；情節嚴重者，不但被圍毆半小時，事後還會遭到活埋，以收殺一儆百之效。

「妳一句『不想被打』就想逃避責任了嗎？」金爺得理不饒人，跟我講道理，「請妳搞清楚，世界上沒有任何一個組織會允許自己的手下向外人告密。國有國法，幫有幫規，妳不想接受也得接受！」

「我不是你們幫會的，我爲什麼要回去接受你的幫規？」我不願意。

「我是築海幫的白紙扇，從妳成爲我馬子的那一天開始，這個世界上沒有人會認爲妳只是個普通人。」金爺道，「說難聽一點，將來要是我出事了，警察一定會找妳去問話，妳以爲自己可以置身事外嗎？」

「女朋友是交來保護的，不是交來執行幫規的。」我提醒他。

「沒辦法。」金爺說，「事情已經鬧大了，人證和物證都在，我蓋不住。現在群情激憤，如果我不執行幫規，沒辦法跟手下交代。」

「你連自己的女朋友都保護不了，還要在兄弟面前對我執行幫規，你算什麼男人？」我激動地問。

「婉珍，妳冷靜一點，頂多明天我們去百貨公司，我送一個LV包包給妳。」金爺開始對我用軟招。

「誰要用五分鐘的毒打換一個LV啊？」我不以爲然，這樣的愛情未免太自虐。

「妳不要在這種節骨眼跟我耍任性好嗎？」金爺轉軟爲硬。

「耍任性？我只是不想過去被打，你說我耍任性？」我惱羞難平，「如果你覺得我害你丟臉，如果你認爲當你的女朋友就等於是幫會裡的人，如果你堅持我應該接受幫規侍候，那我們分手吧。」

「別鬧了！分什麼手？妳今天怎麼這麼不講道理？」金爺問。

「分手吧，別拖了。」如果被打是跟他交往的宿命，我徹底心死了，「當年我是在被趕鴨子上架的情況下答應當你的女朋友，你喜歡的是我的臉蛋，而不是我的人；我也不喜歡你，討厭你霸道的作風，整天打打殺殺，找人麻煩，我覺得跟你睡在同一張床上的感覺很可怕。」

「我有這麼可怕嗎？有討厭到要提出分手嗎？」金爺心有不甘的問我。

「如果兩個人在一起，感覺不是甜蜜幸福，而是擔心害怕，偶爾還會被打，那我們還在一起幹什麼？分手不是更乾脆嗎？」我說。

「我不答應！」金爺火大地說，「妳害我惹來一身麻煩，害我被人肉搜索，害我被警察抓去問話，害我被起訴，現在還敢跟我提分手？妳對得起我嗎？」

「我再不跟你分手，才對不起我自己的人生。」我說。

「我不會跟妳分手的，別浪費我的時間。」金爺警告我，「我限妳在七點半之前來到廟裡，否則後果自負！」

「慢慢等吧，我不會過去的。」我深呼吸了一口氣，然後鼓起勇氣說，「金爺，對不起，我要跟你分手，你找其他女生吧。從現在開始，我不再是你的什麼人。」

掛掉電話後，我匆匆輸入電腦的開機密碼，接著便衝進廁所尿尿。

一分鐘後，手機鈴聲再次響起，這次是可甄的來電。

「喂。」我站起來，左手沖水，右手接電話。「喂，茶碗蒸，聽說妳要跟金爺分手？」可甄問我，語氣有點錯愕。

「對，我決定要結束這段關係。」我說。

「不要這樣嘛，你們的感情一向很好，爲什麼要分手呢？」可甄說。

「那只是假象。」我說白了，「金爺是因爲我的外表漂亮，把我帶出去讓他有面子，所以才會跟我交往。我以前不敢跟他分手，是因爲他勢力大，但他今天連自己的女朋友都沒辦法保護，我跟他在一起也沒意思了。」

「我勸妳不要衝動，金爺不只是勢力大而已……」可甄欲言又止。

「不只是勢力大？什麼意思？」我不懂。

「妳知道金爺十幾年前曾經坐過牢吧？妳知道他當時是什麼原因坐牢的嗎？」可甄壓低音量問我。

「不知道，他從來沒有跟我提過坐牢這件事。」我道。

「金爺十幾年前血氣方剛，因爲不滿當時的女朋友跟他提分手，情緒失控所以砍傷了她。」可甄說。

「眞的假的？他以前砍過女朋友？」我大吃一驚。

「對，這是毓正告訴我的，很多兄弟都知道。」可甄說，「後來金爺在牢裡認識了我們的幫主，出獄後跟著幫主來到築海幫混，不出五年就升到白紙扇。」

「妳以前爲什麼不告訴我？」我責怪她。

「拜託，妳是老大的女朋友，誰敢告訴妳這種事啊？」可甄說，「茶碗蒸，老大現在很生氣耶，妳趕快過來廟裡。」

「我不去。」我斬釘截鐵。

「妳向外人告密，事情鬧得很大，妳過來配合演一場戲，平息兄弟們的怒氣，大家都好下台。」可甄說。

「對不起，我不願意過去被打。」我堅持。

我在可甄的哀求聲中掛掉電話，把牙膏擠進牙刷上，開始刷牙。

我的耳朵暫時清淨了，心頭卻沒有清淨。可甄剛才說金爺曾經砍殺女朋友的事，此際一直在我腦海裡飄蕩徘徊。

我心緒不寧地放下牙刷，匆匆跑到桌子前，用電腦上網搜尋金爺的眞實姓名，結果眞的找到一則十幾年前的舊聞：「惡男後巷裡砍女友，隔天在行天宮拜拜時被逮」

完了！

看完這一則舊聞，我的腦袋幾乎一片空白，只剩下這兩個大字，伴隨著一具發冷的身體。

完了！

07 分手必須付出的沉痛代價

「叩叩。」我在電腦前呆了片刻，突然聽到門外傳來敲門聲。

「誰？」我提高了警覺。

「是我，林樂。」門外的聲音。

「有什麼事嗎？」我警戒地問。

雖然金爺應該不至於叫林樂來卸下我的心防，引誘我把門打開，但還是小心一點比較好。

「我剛才去買便當，順便把妳的份也買了。」林樂說。

「你怎麼會買我的份？」我問。

「我們現在被人肉搜索，我想妳應該不方便出門，所以剛才多買了一個。」林樂說。

「哦。」我站起來，走到門前。

兄弟們如果真的跑來找我，從廟裡到這裡需要二十分鐘左右，就時間上來說不會這麼快就來到，但不能排除金爺遙控林樂過來先制伏我的這個可能性；不過，我想起林樂在廟裡寧願被打也不屈服的個性，應該不是會出賣我的人，所以我選擇相信他。

我鼓起勇氣把門打開，看到林樂臉上戴著口罩，手上拎著兩個便當。

「你怎麼戴口罩去買便當？」我問。

「我們現在是社會的公敵，別讓路人發現比較好。」林樂說。

「說的也是。謝謝你爲我多買一份。」我說。

「不客氣，剛才付錢的時候想到妳的處境跟我一樣，所以連妳的也順便買了。」林樂說。

「你眞體貼。」我苦笑，揚手請他進來坐。

手機鈴聲響起，是金爺的來電，我直接按鍵掛斷電話。

林樂坐下來後，舔著舌頭把便當打開，隨即肉香四溢，醬味繞樑。我則回到電腦前，繼續尋找每一個有金爺眞實姓名的網頁，搜索這個恐怖情人還有沒有其他我不知道的可怕前科。

「欸，先吃飯啦。」林樂掰開免洗筷子後，催促我。

「分我一顆滷蛋就好。」雖然聞到香味，我卻提不起食慾。

「妳不喜歡吃京醬排骨飯嗎？」林樂問我。

說。

「我吃不下。」我道。

「我知道被人肉搜索讓妳很煩惱，但也得補充體力嘛！」林樂說。

「我不只是被人肉搜索而已，剛才我還被金爺叫回去接受幫規伺候。」我說。

「什麼是幫規伺候？」林樂問。

「幫規是黑道術語，對犯錯的幫會兄弟所執行的一種刑罰。」我說，「刑罰有時候是鞭打，有時候是圍毆，有時候甚至是活埋，視罪行的嚴重程度。」

「爲什麼金爺要妳回去接受幫規伺候？」林樂雙眉一皺，緊得可以夾死一隻蒼蠅，我感受到他的心疼。

說時遲，那時快，手機鈴聲又再度響起，這次還是金爺的來電。

「他們認爲我今天早上向小黎告密，是出賣幫會的行爲。」我直接按鍵掛斷電話，然後把手機轉靜音，「金爺要我回去接受幫規，是爲了向他的手下交代，平息他們的怒氣，他這個老大就不會沒面子。」

「他爲了自己的面子，叫妳回去被打？」林樂氣憤地問。

我嘆了口氣，向林樂道出剛才發生的一切，包括金爺打電話來叫我回去執行幫規，我因爲心死所以跟他提分手，可甄的警告，以及我在網上查到金爺曾經因爲情殺前女友而坐牢的證據。

林樂一邊啃著排骨，一邊看我找到的舊聞：「像金爺這麼可怕的男人，妳跟他提分手，絕對是最正確的決定！」

「老實說，看完這則舊聞之後，我有點後悔。」我惆悵道，「或許我回去接受幫規才是最正確的做法。」

「妳不要這樣想，難得妳今天下定決心要分手，那就堅決一點，就不要想別的了。」林樂勸我。

「林樂，你相信『命』吧？」我問。

「什麼命？」林樂反問我。

「每個人都有自己的命，像末代皇帝溥儀一出生就註定要當個悲劇人物，有錢人的兒子一出生就註定不用過苦日子。」我用筷子把滷蛋分成四份，把其中一份夾進嘴巴，「我也有自己的命。我現在才覺悟到，原來在我答應跟金爺交往的那一刻起，我就註定不能過普通人的生活。」

這讓我想起了黛安娜王妃。這位高雅的女士自從嫁給那個不愛她的查爾斯王子之後，他們的高調婚禮雖然感動了數以億計的地球人，卻也使她成為狗仔隊最愛跟蹤和偷拍的對象，她的不幸福婚姻和感情生活也成了全世界關注的焦點。

一九九七年八月底，已離婚一年的黛安娜王妃跟埃及富商之子結束度假行程後，在電話裡雀躍地對採訪的英國記者說：「我已經找到眞正的愛情，將來結婚後，我終於可以過普通人的生活了！」

六小時後，她在一場車禍中香消玉殞，在她人生中最璀璨的時刻離開了這個世界，而這場車禍，據說是英國王室背後的陰謀。

普通人的生活，如此簡單的希望，對她來說卻是咫尺天涯。

有些人一旦走錯路，可能一輩子都沒辦法再過他們想要的生活。

「一切都是命，半點不由人。」我道。

「什麼命？」林樂不以爲然地說，「如果妳不想跟金爺再有任何瓜葛，妳可以躲啊！」

「我當然知道可以躲，但他勢力這麼大，躲有用嗎？」我的疑慮始終徘徊不散，事情如果有那麼簡單，我早就做了。

「妳可以躲到金爺交新的女朋友之後，再回來台南，到時候再想辦法大事化小。」林樂說。

「就算他交了新的女朋友，他也不一定會放過我。」我說。

「那就躲一輩子，誰怕誰？」林樂豪氣大方地說。

他豪氣大方的，可是我的人生。

「躲一輩子，這代價未免也太大了吧？」我說。

「如果妳回去接受幫規，金爺脾氣那麼暴躁，誰知道他會不會把妳打成殘廢？可別忘了廟裡現在群情激憤。」林樂說，「躲一輩子，總比終生殘廢好。」

「未來的日子每天都要躲躲藏藏，想起就覺得難熬，我不知道自己能不能撐得住。」我說。

「沒關係，我陪妳一起熬！」林樂拍了拍胸膛，認眞地看著我。

我半信半疑地看著林樂，簡訊鈴聲卻在此時響起，破壞我跟帥哥用眼神交流的興致。

我拿起手機一看，是可甄傳來的簡訊：「金爺現在非常生氣，妳快打電話跟他道歉，不然趕快落跑，姊妹一場我不想看到妳死。」

我緊張地看著林樂，這一刻的我惶恐無助，需要一個依靠讓我冷靜下來。

「妳記不記得我曾經說過，我願意陪妳亡命天涯？」林樂看完那則簡訊後，問我。

「記得。」我點點頭，「你說可以帶我去台中，投靠你的朋友。」

「這個承諾不會變，永遠有效。」林樂說，「現在就看妳了。妳要當第一個被金爺砍傷的女朋友，還是要過脫離黑道的生活？」

「這……」我猶疑了片刻。在林樂誠懇的眼神注視下，我提不起說謊的勇氣，直接說出內心深處最想要的未來，「我想過眞正屬於自己的生活，而這種生活，不會有金爺的存在。」

「好！那就跟我走！」林樂放下筷子，站了起來，「他們隨時會來，我們現在就走！」

原本動力不足的我，此際受到林樂的激勵，腦袋還沒下命令，雙腿已經站起。

對！我就是要過自己的生活，我不能再猶豫不決，坐以待斃。

我把幾件衣服、錢包、銀行帳簿、筆記型電腦等基本生活用品匆匆放進旅行袋，接著陪林樂回他的房間收拾簡單行李。

我站在窗前等候，看到一台眼熟的箱型車駛過馬路，最後停在不遠處的一塊空地上。車牌末四碼是五六七九，因爲號碼很特別，使我馬上想起這是金爺的車子。

「他們來了！他們在馬路對面！」我指著窗外，向林樂大叫。

「走！」林樂把最後兩條長褲塞進旅行袋，便挽著我的手往頂樓跑。

我們跑到頂樓後，從矮牆跳到隔壁幢的頂樓，沿著樓梯往下衝；抵達一樓後，我們打開半掩的破舊後門，溜進一條偏僻的小巷子。

我的臉頰被急促的呼吸薰得微燙，被林樂牽著的手卻感到無比溫暖，奶油般的甜蜜直達脆弱的心房。

我們匆匆走到小巷子的盡頭，在路口處攔下一輛計程車，命司機開往客運站。

我們才登上計程車不到二十秒，褲袋裡的手機突然震動起來。

我掏出手機一看，果然還是金爺的來電；而這次，我選擇接電話，因爲我的心魔已經被林樂趕走了。

「婉珍，妳跑到哪裡去了？」金爺語帶焦急地問我。

顯然他們已經到了我的寢室，但沒有找到人。

「我跑到一個你永遠找不到我的地方。」我說。

「什麼意思？」金爺不明白。

「我要跟你分手，我不會讓你找到我的。」我直接說白了。

「妳開什麼玩笑？妳行嗎？」金爺輕蔑地問。

「我沒有在跟你開玩笑，也不是耍任性。」我說，「聽好了，我再強調一次，我要跟你分手！不是開玩笑！」

林樂向我豎起拇指。

「妳讓我很沒面子，我要妳爲今天這個決定付出代價！」金爺激動地說，「我保證妳會付出沉痛的代價，我保證！」

如果渴望過自己的生活，代價是活不久，甚至像某位苦命的王妃一樣只能再活六小時；那麼，我還是得說——

「沒關係，我寧願要自由。」掛掉電話前，我給金爺的最後一句話。

08 一場賭上性命的出走

林樂和我抵達客運站後，立刻登上一輛前往台中的客運。時間一分一秒的過去，我在座位上坐立不安；司機在等其他乘客，所以客運遲遲不出發，害我的心臟快要爆炸。

「別緊張，我們平安了。」林樂察覺到我的焦慮情緒，輕輕地拍我的肩膀。

「我真的很害怕金爺的兄弟突然衝上車抓人。」我說。

「不用擔心，金爺應該還沒猜到我們要直接離開台南。」林樂說。

「別低估金爺的智慧，如果再給他幾分鐘時間，他可能就會想到來客運站堵我。」我道。

說時遲，那時快，司機似乎感受到我的擔憂，終於開車了！

「吼，不早點開！」我嘴裡抱怨，心裡卻鬆了一口氣。

「對嘛！害我們的茶碗蒸快要嚇破膽了。」林樂附和道。

「對了，你台中的朋友知道我們現在是社會公敵嗎？」我問林樂。

「那就要看他有沒有上網或看電視了。」林樂說，「剛才我出門買便當之前，有上網看了一下。這次的人肉搜索事件，本來今天早上就慢慢退燒了，但下午小黎貼了兩張新的照片之後，突然恢復了熱潮，大家又開始紛紛討論。」

「這次被那個小黎害死了！」我生氣地說，「他把我們去早餐店找他的照片貼上網幹什麼？他很想紅嗎？」

「爲了博取同情，讓更多人認識他吧？」林樂說，「亂把我的肖像放上網，我可以告他嗎？」

「可以啊，他想紅，我們就讓他紅，告到他紅遍全國爲止。」我說。

「對了，這次的人肉搜索事件雖然在網上鬧得沸沸揚揚，不過因爲今天爆發了一則很大的政治新聞，所以媒體對人肉搜索這件事不是很熱衷，只有三四家媒體作零星報導而已。」林樂說。

「既然有零星報導，那你朋友還是可能看到。」我說，「如果你朋友知道我們是負面的新聞人物，他還會收留我們嗎？」

「一定會的，我跟他是非常要好的朋友。」林樂說，「不過，就算他不知道，我也建議直接告訴他眞相。」

「如果你有信心他是個靠得住的人，那就告訴他吧。」我說。

「我有信心，秀龍絕對靠得住。」林樂信誓旦旦地說，「就算金爺圍毆他幾個小時，甚至要閹了他，他也不會出賣我。」

客運抵達繁華的台中，林樂和我隨即坐計程車來到他朋友住的公寓。敲門後，來開門的是一個瀏海斜著剪的年輕男生。

「*^&%&!^」林樂張開雙手，說了一串我聽不懂的韓語。

「#U**@&!&^」對方也張開雙手跟林樂擁抱，回了一串韓語。

「他叫李秀龍。」二人分開後，林樂對我說，「認識快十年了，我跟他是這輩子最要好的朋友。」

「你好。」我向秀龍微微一笑。

「妳好。妳是林樂的同學嗎？」秀龍問我。

「我是他的室友，住他隔壁。」我答。

「這麼晚了，你們怎麼會來台中找我？」秀龍納悶地問。

「唉，說來話長。」林樂說。

我們把這幾天發生的事情，一五一十地告訴秀龍。

「天啊！你們兩個的遭遇眞讓人同情。」秀龍聽完我們的敘述後，憐憫地說，「尤其是妳，茶碗蒸。」

「這可是一場賭上性命的出走。」林樂說，「但爲了茶碗蒸以後的人生，這次出走絕對值得。」

「你們聽過黛安娜王妃吧？」我問。

「聽過。」林樂和秀龍異口同聲地點頭。

「我的處境跟黛安娜王妃有點像。她嫁了一個不愛她的王子，婚姻生活得不到幸福，王室的繁文縟節也使她失去了自由，人生彷彿掉進了一個華麗的陷阱裡；好不容易終於妥協離婚，脫離了王室，卻還是每天被狗仔隊跟拍，終其一生都沒有辦法過正常人的生活。」我嘆道，「而我，跟了一個可怕的黑社會大哥，過了兩年戰戰競競的感情生活，從此再也離不開他；現在我好不容易鼓起勇氣脫離他的掌控了，卻必須過著躲躲藏藏的生活，否則可能會被砍死，以後都沒辦法再過正常人的生活了。」

「別難過囉，至少有林樂願意陪妳。」秀龍安慰我。

「對啊，我會陪妳一起撐過去的。」林樂說。

「謝謝。」我苦笑。

「我也可以提供你們住的地方。」秀龍一臉慷慨地說。

「房子不是你的吧！裝什麼慷慨啊？」林樂沒好氣地說，「我和茶碗蒸現在是人肉搜索事件的主角，你們房東會接受我們這種負面人物嗎？」

「你們不用擔心，房東不常來。」秀龍露出詭異的笑容，「而且，我就是這裡的二房東。」

「你是二房東？」林樂問。

「對，因爲房東不常來，所以這裡由我來負責找房客，還有把房客的租金交給房東。」秀龍說，「你們只要準時付我房租，別讓我沒錢交給房東就可以了。」

「我們一定準時付房租，不會讓你難做。」我保證道。

「請問還有空房間嗎？」林樂問秀龍。

「目前還有兩個空房間。」秀龍說。

「有網路線嗎？」我問，「我必須透過facebook監看敵人的一舉一動，所以網路對我們很重要。」

「放心，每一間都有網路線。」秀龍答。

「房租多少呢？」我問。

「每一間的價格都不一樣喔。」秀龍步出走廊，指著不遠處的房間，開始介紹，「像左邊這間，窗戶可以看到大馬路，景觀比較好，房租也比較高，不過聽說有鬼。右邊這間沒有窗戶，房租就比較便宜，而且沒有鬧鬼。你們想要哪一間？」

「廢話！當然要沒有鬧鬼的那間，沒窗戶又沒差。」林樂說。

「不對！」我說，「我們要對著馬路的那一間。」

「爲什麼？」林樂不解地問我。

「萬一金爺眞的派人來台中抓我們，至少我們可以從窗戶看到他們衝進來，有時間逃跑，減低被殺的機會。」我說。

「聰明。」秀龍向我豎起拇指，轉頭虧了林樂一下，「你看，茶碗蒸比你聰明多了，你還說要陪人家亡命天涯，拜託！生存意識這麼差，她來保護你還差不多！」

「而且我要裝一種特製的玻璃，房間可以看到外面的情況，外面看不到房間的那種。」我說。

「沒問題，我明天帶你們去找師傅。」秀龍說。

「有了那種玻璃，我就更安心了。」我說。

「這裡地點隱密，人也靠得住，躲一輩子都沒問題。」林樂語畢，轉頭問秀龍，「如果有一天，金爺帶一群兄弟跑來找你，還威脅說如果不把我們交出來就閹了你，你會不會出賣我們？」

「會！」秀龍斬釘截鐵地說。

「太過分了吧！我是你最要好的朋友耶！」林樂大叫。

「神經病喔！雞雞只有一個，閹掉就沒了，誰要爲了你犧牲它啊？」秀龍理直氣壯地說。

我們選了那間鬧鬼但窗戶對著大馬路的房間，整理了約十五分鐘，再舖上秀龍從雜物房裡搬來的兩張床單和棉被，一個臨時卻不失乾淨的新窩便正式啓用。

林樂累壞了，躺在床上小憩；我則坐在電腦桌前，一邊打開電腦，一邊傳簡訊給可甄。

「對不起，我選擇逃走，我知道這是一條不歸路。」

傳完簡訊後，我輸入電腦的開機密碼，林樂突然跳起來，驚嚇地問我：「茶碗蒸，剛才有人在我耳朵旁邊吹氣！是妳嗎？」

「沒有啊，剛才我在傳簡訊，哪有時間吹你的耳朵。」我說。

「不是妳嗎？」林樂問。

「不是我。」我說。

「剛才我的耳朵出現一陣怪風，還有一股怪怪的香水味，不是妳，還有誰？」林樂說。

「該不會……」我和林樂瞪大雙眼，毛骨悚然地對望著。

「天啊！這房間該不會眞的有鬼吧？」林樂嚇得站起來，坐在椅子上不敢再睡。

「鬼以前也是人，有什麼好怕的？」我說。

「可怕在我們看不見祂啊！」林樂說。

「人比鬼還可怕。」我說，「金爺會砍我，鬼不會砍我。這個房間的窗戶對著大馬路，我們非租不可。」

「好啦，知道了。」林樂嘟嘟嘴巴，摸摸鼻子，好奇地問我，「妳剛才跟誰傳簡訊？」

「可甄。」我答。

「可甄現在已經是我們的敵人了，妳幹嘛跟她傳簡訊？不怕她打聽我們的行蹤嗎？」林樂有點不以爲然。

「我不會笨到讓她打聽出來。」我自信十足地說，「而且，溝通是我們女生的本能，也是我們女生的生命，你們男生不愛傳簡訊，永遠不會懂的啦。」

「可甄是金爺的人，她一定支持金爺，還有什麼好溝通的？」林樂說。

「你聽過黛安娜王妃吧？」我問林樂。

「聽過啊，今天從妳口中聽過兩次了。」林樂說。

「黛安娜王妃離婚的時候，她跟英國王室處於敵對立場，但她還是常常跟女王暗中通信。」我說。

「真的還假的？那個時候黛安娜王妃跟查爾斯王子不是鬧得很僵嗎？她怎麼會跟女王暗中通信？」林樂問。

「這就是女人厲害的地方，她們透過書信互相訴苦，讓對方知道自己的立場和苦衷，希望能夠把傷害降到最低。」我說，「相較之下，你們男人都不愛溝通，一言不合就打起來；歷史上大大小小的戰爭，都是因爲你們這些男人不愛溝通所造成的。」

「有這麼嚴重嗎？」林樂嗤之以鼻。

「有啊。如果每個國家都由女人來掌權，搞不好根本不會有第一次世界大戰。」我道。

「很難說，如果每個國家都由女人來掌權，搞不好已經發展到第十次世界大戰了。」林樂道。

「才不會好嗎？我們女生最討厭戰爭了，每個去參加選美的女生，願望都是世界和平。」我說。

「對了，妳是不是很喜歡黛安娜王妃？」林樂問我，「怎麼常常聽妳提起她？」

「黛安娜王妃是我的偶像。」我坦白地說。

「妳的偶像很另類耶，一般人的偶像不是周杰倫、蔡依林、王力宏之類的嗎？」林樂問我。

「因爲黛安娜王妃跟我的遭遇很像。」我說，「其他那些什麼周杰倫、蔡依林的，他們都過得太爽了，我怎麼可能封他們爲偶像。」

「妳覺得妳跟黛安娜王妃哪裡像？」林樂問。

「我們都一樣，跟了一個錯的男人。」我說，「不過黛安娜王妃比我勇敢多了，在那個男性霸權的時代，她不畏強權站出來跟英國王室抗衡，得不到男人的愛，拿回自由總可以吧！如果是其他比較傳統的女人，大概只會默默垂淚，覺得反正都嫁進王室了，那就安份守己的把兩個孩子帶大吧，然後把所有苦都往肚子裡吞。」

「如果是我，我應該也是忍一忍就算了。」林樂說。

「所以這兩年來，我一直把黛安娜王妃視爲偶像，很渴望有一天也能跟她一樣，有勇氣脫離現狀，過自己的生活。」我說。

「妳今天總算脫離了！恭喜妳，妳很勇敢！」林樂爲我鼓掌。

「沒什麼好恭喜的。」我苦笑，「搞不好我跟黛安娜王妃一樣，叛逆沒多久就慘死了。」

「不會啦，我會好好保護妳，不會讓妳受到任何傷害。」林樂挺著胸膛說。

簡訊鈴聲突然響起。

我打開手機一看，是可甄傳來的回覆：「保重。金爺非常生氣，他剛才打電話給Hunter了，活著懸賞五百萬，屍體也賞三百萬。唉……總之妳保重。」

「慘了，我慘了。」我四肢無力，把手機遞給林樂看。

林樂看完簡訊內容後，好奇地問我：「可甄說的Hunter是誰？」

「Hunter是目前江湖上執行率100%的獎金獵人，三十歲左右，出門會易容，經常戴著帽子或安全帽；他不屬於任何幫會，每個幫會都可以出高額獎金請他幫忙找人。」我說，「這兩年來，金爺曾經委託Hunter五次，每一次Hunter都成功完成任務。」

「這麼厲害？」林樂問。

「對，Hunter是個非常可怕的男人，不知道爲什麼他總是有辦法找到那些可憐的目標。他已經把五個叛徒抓回幫會了，我恐怕是第六個。」我無助地看著窗外黑漆漆的街道，前景堪虞。

我有預感，這個叫Hunter的傢伙會使我步上黛安娜王妃的後塵。

我們爲自己的人生開啓了一條新的道路，卻在叛逆過後，將付出無法彌補的代價。

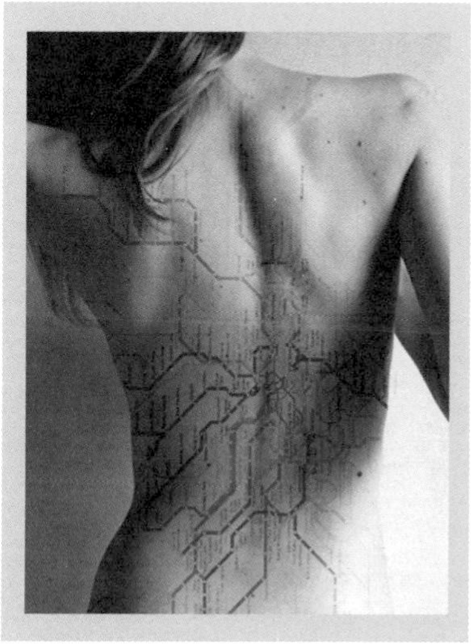

09 不要做敵人希望你做的事

隔天下午，秀龍請了半天假，準備帶我們出去買用品。

出門前，林樂拿起髮膠準備抓個帥氣的髮型之際，我伸手阻止他：「不要！」

林樂不解地問我：「怎麼了？」

「你平時的所有習慣，如果能夠通通改掉，變成另外一個人，壞人抓到你的機率就會低很多。」我說。

「可是不抓頭很怪耶。」林樂嘟著嘴巴，捨不得放下那瓶髮膠，「感覺就像沒有穿褲子出門。」

「你把頭髮都剪光，就不用抓了。」我笑道。

「我不要光頭，頭髮是我的生命耶！」林樂大叫。

「不然剪平頭吧。」秀龍拿起剪刀，興致勃勃地說，「我在韓國的時候學過剪頭髮喔，我來幫你剪！」

秀龍用力按了一下林樂的肩膀，把他壓在椅子上，然後剪刀迅速一揮，林樂的瀏海瞬間被去掉一半。

「啊！我的命根子！」林樂大叫。

「喂！別動！」秀龍吆喝道，「剪頭髮的時候別動來動去，小心剪到耳朵！」

「我不甘心吶！」林樂看著地上的那片頭髮，屈辱地對我說：「那妳也要剪！妳的長頭髮很好認，壞人抓到妳的機會也很高！」

「好啊，剪就剪。」我跟他共同進退。

「妳那麼喜歡黛安娜王妃，叫秀龍幫妳剪一個黛妃頭吧。」林樂說。

「不行，黛妃頭太顯眼，反而會害我成爲路人的焦點。」我轉頭對秀龍說，「你待會隨便幫我剪個不一樣的髮型就可以了。」

「沒問題，交給我。」秀龍說，「妳很喜歡黛安娜王妃嗎？」

「她是我的精神偶像。」我道。

「如果我們早個一百二十年相遇的話，搞不好我可以讓妳成爲王妃喔！」秀龍說。

「什麼意思？」我不懂。

「秀龍是朝鮮王朝的後裔。」林樂說。

「眞的還假的？那你不就是皇族了嗎？」我問。

「當然是眞的！」秀龍下巴上揚，頗爲驕傲。

「不過朝鮮王朝早在一八九七年就滅亡了。」林樂補充道，猶如往秀龍身上潑一盤冷水。

「吼！幹嘛掃興啦！」秀龍往林樂的頭顱狠狠敲了一下，轉頭對我說，「如果我們能夠提早一百二十年相遇的話，搞不好我可以讓妳成爲王妃。」

「不用，我才不要當王妃，一點自由都沒有。」我說，「如果要我選，我寧願早一年出生，一年就可以了。」

「爲什麼？」秀龍一邊幫林樂修剪頭毛，一邊問我。

「如果我早一年出生，當年我就不會跟Nicole同班，後來也不會因爲霸凌事件而遇到金爺，我的人生就徹底改變了。」我說。

「緣份這種事情很難說。如果妳跟金爺有緣，那麼就算妳早一年出生，應該還是會遇到金爺吧！」秀龍說。

「那倒是。」我好奇地問秀龍，「對了，你是朝鮮王朝的後裔，怎麼會來台灣工作？」

「就算是我的親戚在一百多年前是皇族，不代表我就可以不用工作啊，我還是得賺錢養活自己嘛！」秀龍說。

「你做什麼樣的工作？」我問。

「翻譯員，負責處理韓文和中文之間的翻譯。」秀龍說。
「秀龍口音太重了，所以目前只能先翻譯文書。」林樂說。
「哼！你的中文也沒講得多標準好嗎？」秀龍嗤之以鼻。
「對了，你們兩個出門在外，除了不要抓頭之外，最好盡量不要講話。」我叮嚀道。
「爲什麼？」林樂和秀龍異口同聲地問。
「Hunter是一個非常聰明的人，他可能已經追到台中來了，重點是築海幫都知道我現在跟韓國人在一起，Hunter當然也知道，所以他會特別留意講話有韓國口音的人。」我說，「你們只要在外面說一句話，甚至只說一個字，都有可能洩露行蹤。」
「吼！眞是的，妳對我們的腔調太沒信心了吧！」林樂大叫。
「不能開玩笑，對方可是百發百中的獎金獵人。」我道。
「好啦，我在外面會假裝自己是啞巴。」秀龍說。
「我假裝喉嚨生病。」林樂說。
「我會給你們打暗號。」我道，「如果你們看到我用右手摸鼻子，表示要立刻閉嘴。如果用右手摸嘴唇的話，表示可以講話。」

秀龍幫林樂剪了一個帥氣的平頭後，接著幫我剪了一頭短髮，搭配一副厚重的黑框眼鏡，穿上秀龍的暗沉色T恤和運動褲，足下再來一對平實而略髒的運動鞋，使我全身散發著呆妹的氣息，跟過去的我完全不像。

沒有跟我生活過的人，如果只看我的近照，可不一定會認出我。

我們到家樂福添購了拖鞋、枕頭、棉被、肥皂、洗髮精等生活所需，之後又去買了假髮、假鬍鬚、假痘痘、太陽眼鏡、畫眉筆等喬裝用品。準備去找師傅訂做特製玻璃之際，卻在茶行前遇到五個不速之客把我們攔下。

五個流氓嘴裡嚼著檳榔，嘴露蔑笑，眼睛帶著攻擊性打量著我們。

「小姐，我以前沒看過妳喔！」為首的流氓不懷好意地盯著我。

「你是誰？」我瞬即進入戒備狀態。

「這裡大家都叫我廣叔。」為首的流氓說。

「喔……你好。」我勉強跟他打招呼，其實我根本沒興趣知道他是誰。

秀龍靠近我耳邊，低聲跟我說：「奇怪，以前我每次經過這裡，他們也不會把我攔下來盤問。」

我暗感不妙，迅速跟廣叔揚揚手：「拜拜。」

「拜什麼？很趕時間嗎？」廣叔把嘴裡的檳榔汁吐到地上，然後伸出他那隻布滿刺青的左手把我攔住，「小妹妹，幹嘛急著離開呢？」

我原本往前走的右腳被逼停下來，害我差點跌倒。

「你想怎樣？」我惱怒地問。

「沒怎樣，我是良好市民，想關心一下附近的住客，看會不會有壞人搬到我們的社區而已。」廣叔歪著他那個噁心的嘴角，露出擺明欺負人的笑容。

「謝謝關心，我們不是壞人。」我說。

我吞了吞口水，評估著眼前的形勢。

就算是黑道，也不會無緣無故把路人攔下來問話，他一定有某種目的。

我擔心的不是他想劫財，而是他可能跟金爺有關係。

「壞人不會承認自己是壞人的啦！」廣叔望著我們手中的大包小包，質問道，「我看你們買一大堆東西，又枕頭又棉被的，你們是剛搬來的吧？」

「呃……對啊。」我點點頭。

證據太明顯了，如果我們否認剛搬進來，謊言只會惹來他的鎖定。

「果然！」廣叔興奮地握拳，眼前一亮，像是確定獵物地盯著我，「妳從哪裡來？是不是台南？」

拿破崙曾經說過，不要做敵人希望你做的事；所以，當敵人想妳回答是，妳無論如何都要回答否。

「不是耶，我從台北來的。」我道。

「眞的嗎？台北？」廣叔拉高音量，懷疑地看著我。

「對，我是台北來的。」我道。

「剛搬來多久？」廣叔用盤問犯人的語氣追問，銳利的眼神嚇得我心跳加速。

這一刻的我差不多已經可以確定，眼前這個叫廣叔的傢伙95%跟金爺或Hunter有關，慶幸的是，廣叔現在還不確定我是不是金爺想要的獵物；如果我不理他，轉頭就走，他們會認爲我是心裡有鬼，不但會加重懷疑，甚至從此派人跟蹤我。

所以我現在不能退縮，還要正視他，面對他，直到他否定我爲止，否則後患無窮。

「我們上禮拜搬來的，大概五天了。」我收起恐懼的情緒，直視著廣叔。

「是嗎？搬來五天了？」廣叔指著我們拎著的大包小包，懷疑地問，「搬來這樣久了，怎麼現在才買枕頭和棉被？」

「剛……剛才我們跟房東吵架。」我臨危不亂，擠出一個還算可以的答案，

「我們吵得很凶，房東突然把房間裡的日常用品都收回去，所以我們只好買新的。」

「房東爲什麼不直接趕你們走？」廣叔問。

「那個房東收了我們三個月押金，他趕我們走的話，可是要退錢的。」我說。

「是喔？」廣叔突然改變問題，殺我一個措手不及，「妳是大學生對不對？」

拿破崙曾經說過，不要做敵人希望你做的事。所以，當敵人越希望從妳口中聽到「來自台南，剛搬來，大學生，姓陳，名字叫婉珍，得罪了黑道，落跑」諸如此類的關鍵字時，妳越要吐出其他答案迷惑他。

這場鬥智比賽才剛要開始，現在我是一頭還沒踏進捕獸網的斑馬，只要我不小心說出關鍵字，他的網隨時會張開，活逮我這頭反擊力極低的獵物。

「不是，我不是什麼大學生。」我否認。

「不可能吧？妳的樣子這麼年輕，不是大學生？」廣叔逼問。

「我眞的不是。其實我很老了，已經二十八歲，只是保養得好。」我極力否認，並試圖用更犀利的目光壓住廣叔那可怕的眼神。

廣叔絲毫不害怕跟我對望，女生柔弱的特質讓我在氣勢上輸了一截。

「不然妳是幹嘛的？是不是遇到什麼逼不得已的事情，不然怎麼會跑來台中？」廣叔再次突然改變問題，看似毫無章法的盤問方式，正逐漸瓦解著我的戒備堡壘。

我深感這場鬥智比賽一定要速戰速決，再讓廣叔問下去，早晚會露出馬腳。

我得想個辦法使他對我產生煩厭，認為他的人生最不應該做的一件事，就是跟我這種人糾纏。

我不能說自己是大學生，因為那是陳婉珍的眞實身分。

我不能說自己是黑道，因為他本身就是黑道，事情會沒完沒了。

我不能說自己是妓女，因為妓女不會使他停止追問，搞不好還會帶著淫笑問我要不要跟他來一炮。

我不能說自己是警察，雖然黑道忌諱警察三分，但黑道也常常被抓到警察局問話，要是最近有新警察報到，他們不可能不知道，所以我會死得更快。

我必須說出一個會讓他們敬而遠之，避之唯恐不及的職業。

「我是傳教士。」我用一種神聖不可侵犯的口吻說。

「傳教士？靠！什麼東西啊？」廣叔揚起眉毛，顯然很不屑。

「哈利路亞！主啊！主耶穌！」我突然張開雙手，仰天大叫，把五個流氓嚇得倒退兩步。

「妳幹什麼？」廣叔皺著眉頭問我。

「來加入我們的教會吧！」我執著廣叔的手，用熱情的眼眸看著他。

「放手啦！」廣叔鬆開我的手。

「別害怕！」我再次執起廣叔的手，語帶激動地邀請他，「主會寬恕你們的罪行！趕快來加入我們的教會吧！祂會爲你們贖罪！」

「神經病喔！」廣叔嫌惡地推開我的手。

「小姐，妳眞的是傳教士嗎？」後面其中一個流氓問。

「妳爲什麼來台中？」後面另外一個流氓問。

「我是來傳道的，哈利路亞！」語畢，我轉頭對林樂和秀龍說，「讓我們一起來呼喊主名吧！主啊！主耶穌！大聲一點，哈利路亞！」

我用右手摸了摸嘴唇，對林樂和秀龍使了個眼色。

「哈利路亞！」林樂跟著大叫。

「哈利路亞！」秀龍跟著大叫。

「哈利路亞！主啊！主耶穌！」我越喊越大聲，掩蓋自己緊張的情緒。

「夠了沒？」廣叔不耐煩地制止我們，「老子沒興趣聽你們哈利路亞啦！」

「主替我們贖罪，所以我們要不斷呼喊主名感謝他！哈利路亞！」我無視廣叔，繼續大喊。

「請問一下，你們教會在哪？」廣叔不愧是老江湖，再次突然改變問題。

「呃……」我嚇得心跳幾乎停止，糟了！

作爲一個已經搬來這裡五天，而且還在路上熱情拉人去教會的傳教士，有可能不知道教會在哪裡嗎？

完了，完了，這次完了……

10 黑道版的全國人肉搜索

秀龍看我一臉不知所措，竟擅自舉起手往右方一指，替我回答：「那一間教會就在這條街，走兩個街口就到了。」

糟了！

我緊張地瞄了廣叔一眼，發現他臉上洋溢著興奮的神色；他問秀龍：「你的腔調怎麼怪怪的？外國人哦？」

「對！因為我是從日本來的！」幸虧秀龍夠機警，撒謊也不眨一眼。

「你是日本人？」廣叔上下打量著秀龍。

「對，我來自北海道。」秀龍說。

如果這個時候廣叔要求秀龍講幾句日語，待會我們就不用回家了。

「我認得他！我以前見過他！」廣叔身後的流氓指著秀龍，打斷了衆人的情緒。

「我搬來好一陣子了，教會派我來台中當先鋒，所以你們以前可能看過我。」秀龍臨危不亂地說。

「廣叔，禮拜天早上要不要來教堂跟我們一起做禮拜？」我趕緊岔開話題。

「到時候我們來一起呼喊主名，一起伺候主！」秀龍附和道。

「很好玩的，我們還可以一起唱聖詩，一起喊哈利路亞，拜託禮拜天你們一定要來參加。」我握住廣叔的手。

「不用了，我不要去！」廣叔甩開我的手。

「拜託啦，你們一定要來看看，不然你們現在就來吧，認識一下我們偉大的神，哈利路亞！」我以進爲退，假裝熱情邀約。

「老子沒興趣啦！」廣叔用鼻子噴了一口氣，對身後的流氓說，「走！」

「眞的不要來嗎？」我追上前問他。

「滾開啦！」廣叔頭也不回，匆匆走進茶行。

我們快步遠離茶行；確定沒有被跟蹤後，我鬆了一口氣，低聲對林樂和秀龍說：「幸虧剛才出門前有喬裝，不然現在我們已經被綁著送回台南了。」

「那個廣叔是Hunter派來的嗎？」林樂低聲問我。

「不，Hunter一向獨來獨往。」我分析道，「剛才那個廣叔應該是金爺的人脈，他收到幫會的指示，所以特別留意剛搬來的人。」

「我們昨天晚上才剛落跑，今天就被攔下來問話了，速度眞快。」林樂說。

「金爺已經發動幫會的人肉搜索了，築海幫上上下下可能都已經知道我跟一個韓國人逃難，幸虧剛才秀龍夠聰明，假冒日本人。」我道。

「這麼危險，我們要不要離開台中？」林樂問。

「不要。」我說，「不管我們躲到哪裡，都會遇到想抓我們的黑道。台中有廣叔，台北可能有北叔，基隆可能有基叔，陽明山可能有陽明叔，躲到哪都一樣。」

「剛才廣叔沒認出你們，所以現在台中對你們來說，反而是最安全的。」秀龍道。

「秀龍說得對，我們暫時先留在台中，不要輕舉妄動。」我道。

「那教會怎麼辦？萬一廣叔禮拜天真的跑去教會呢？」林樂問。

「他應該不會去，如果你擔心的話，禮拜天我們去教會裝教友。」我說。

＊　＊　＊　＊　＊

後來，我們找了一位師傅回房間安裝特製玻璃，林樂和我則整理剛買回來的用品。

「哇！」林樂突然大叫，把我和師傅嚇了一大跳。

「怎麼了？」我和師傅異口同聲地問。

「怎麼了？」隔壁房間的秀龍匆匆跑過來問。

「剛才有人舔我的脖子！」林樂說。

「不是我喔！」師傅連忙澄清。

「我也沒有。」我道。

「這個房間眞的有鬼！」林樂驚魂未定。

「應該是你的心理作用而已吧？」秀龍說。

「才不是！被舔的感覺很眞實！」林樂說。

「鬼也是有品味的好嗎？要舔也是舔茶碗蒸，舔你幹嘛？」秀龍沒好氣地說。

「搞不好那隻鬼是女的啊！而且我又是個帥哥！」林樂說。

「自己說自己是帥哥，你有沒有一點羞恥心啊？」秀龍問。

「林樂眞的很帥啊，如果是女的鬼，應該不會舔我，舔他才對。」我公道地說，「當初我之所以會答應亡命天涯，也是被林樂的誠意和帥氣打動。如果他長醜一點，我可不一定答應。」

不過，現在還眞的有點後悔。

師傅幫我們裝好特製玻璃後，收了錢便離去。沒有外人在，林樂和我總算可以安心上網。

電腦開機後，我立刻連上facebook關切人肉搜索事件的最新情況。我看到留言人數有變少的趨勢，可能是因爲林樂和我在台南消失了，那些好事的網友沒辦法在校園裡找到我們觀摩和謾罵一番，加上築海幫低調面對這件事，小黎也沒有新的照片可以放上網，嗜血的網友找不到繼續高潮的動力，所以逐漸失去關注的興趣。

接著，我發現毓正留了一封私密訊息給我：

「茶碗蒸，妳現在很值錢耶！

活抓懸賞五百萬，屍體也有三百萬，每個兄弟都在研究怎樣把妳挖出來！

我們這麼熟了，妳就讓我抓回去吧，到時候獎金分妳一成。

老大頂多讓妳接受幫規，沒什麼的，忍一下就過去了。」

我叫林樂過來看這段沒人性的私密訊息。

林樂看完整段留言後，破口大罵：「這個徐毓正還算是人嗎？」

「他本來就是個缺德的人，品格和腦袋都有問題。」我聳聳肩。

「他知道什麼叫『人性』嗎?」林樂生氣地問。

「毓正雖然是個白痴,但有他的存在,反而對我們很有利。」我的嘴角忍不住往上揚。

「對我們很有利?怎麼說?」林樂不明白我的意思。

「毓正常常做事不經大腦,不管遇到什麼事,或者是拍了什麼照片,他總是會第一時間貼到facebook。」我得意地笑了笑,「所以,只要我每天追蹤他的facebook,就可以掌握金爺的行蹤。」

「天啊!妳怎麼這麼聰明?」林樂驚訝地看著我。

「所以昨天搬來的時候,我要求房間一定要有網路,就是爲了隨時掌握他們的動向。」我說,「金爺已經對我們發動『黑道人肉搜索』了,所以現在我們要躲三種人。」

「哪三種人?」林樂問。

「第一個是網友,小黎霸凌事件嚴格來說還沒有結束,我們要避免被網友認出來,不然行蹤可能會被公布在網站上。第二個是金爺的人脈網,我們的敵人是散佈在全國各地的黑道,要是被抓到,就直接送回台南了。第三個是獎金獵人Hunter,他最可怕,因爲我完全不知道要怎樣防他。」我叮嚀林樂,「你的皮可要繃緊一點,我們現在可是被三路包抄。」

「我越來越感受到死亡的威脅了。」林樂深深呼出一口氣，掩飾內心的害怕。

手機鈴聲突然響起，把林樂嚇得身子往後退，冷汗直流。

「茶碗蒸，救……救救我……」電話接通後，另一端傳來可甄的求救聲。

「妳怎麼了？」我緊張地問。

「拜……拜託妳趕快回來廟裡，或者告訴他妳人在哪，不然他要對我執行幫規了，嗚。」可甄語帶驚惶地說。

我把手機從耳朵旁拿到眼睛前面，看到可甄的嘴角流血，臉上布滿了傷痕，兩塊紅色三塊紫色，她不斷抽搐著，顯然剛被打過。

「怎麼回事？」我問。

「老大說我跟妳私下用簡訊聯絡，一定知道妳躲在哪，但我眞的不知道啊，嗚。」可甄啜泣道。

「用簡訊聯絡又怎樣？這樣就要打？他是不是瘋了？」我嗤之以鼻。

「老大現在非常生氣，嗚，妳趕快回來，求求妳。」可甄哀求我。

「閃開！我來跟她講！」金爺把手機搶走，火大地指著我，「臭婊子！妳以爲不接我的電話，我就拿妳沒輒了嗎？」

「可甄是無辜的，你不要亂來。」我說。

「妳不亂來，我就不會亂來。」金爺說。

「我哪有亂來？你在胡說什麼？」我道。

「妳一直踩我的底線，害我很沒面子，還說沒有亂來？」金爺質問我。

「我是人，不是你的寵物，明知你要對我使用暴力，當然要躲起來啊！」我理直氣壯地說。

「我不跟妳廢話，如果傍晚之前妳不回來廟裡，我會把可甄關起來，每天照三餐打，直到妳回來爲止。」金爺說。

看到可甄被打的嘴臉，我於心不忍，林樂機靈地用兩根食指比了一個「×」的手勢，提醒我不要心軟。

林樂靠近我的耳邊，低聲提醒我：「就算可甄眞的被打，妳回去就是兩個人受苦，妳不回去就只有一個人受苦。」

「不要使詐了，我不會上當的。」我對金爺說。

「我使什麼詐？」金爺反問我。

「你以爲逼可甄演一場苦肉計，我就會回到你的魔掌嗎？」我說。

「這不是苦肉計，我會眞的打喔，早午晚各打一次，還附送宵夜。」金爺說。

「隨便你。」我假裝不在乎，鐵石心腸地說，「我跟可甄之間的朋友關係，也不過是建立在大家處於同一個陣營，既然現在我決定離開你，我跟她已經不再是同一國。」

「她可是救過妳的人耶，妳忍心見死不救嗎？」金爺問我。

「我很感謝她在我被霸凌的時候出手相救，但我不願意用自己的命來償還。」我說。

此時，窗外傳來飛機經過的聲音，劃破了我們之間的對話。

「我聽到飛機的聲音喔！」這意料之外的聲音使得金爺雀躍不已，眼睛爲之一亮。

「你聽錯了，那是林樂的手機鈴聲。」我驚恐了一秒，馬上鎮定地否認，企圖誤導他。

「少騙我，那個聲音不像手機鈴聲，妳人在哪裡？」金爺問，「妳在台北松山機場附近對不對？還是在台中清泉崗附近？還是在高雄小港？」

該死的飛機，我恨你！

林樂在我耳邊小聲說：「告訴他，我們在台北松山機場附近。」

不對，回答松山機場只會死得更快。回答一個錯的答案，只會讓金爺猜到我們不在台北，等於幫他使用「刪去法」，從原本的三個可能性變成兩個。

「你眞的聽錯了，那是手機鈴聲，不是飛機的聲音。」我堅持。

金爺把手機放到耳朵旁邊，仔細聆聽著，兩秒後問我：「今天台北明明就有颱風，怎麼我沒有聽到風和雨的聲音？所以妳在高雄或台中對不對？」

「不用猜了，我在台中，有種就來抓我。」我走了一步險棋，用不自然的挑釁口吻說。

「高雄！妳在高雄！」金爺興奮地大叫，「等著瞧，妳逃不掉的！」

「高什麼雄？我在台中！」我說。

「妳騙不了我的，從來沒有人敢跟我作對，妳皮在癢。」金爺冷笑，「這兩天對自己的身體好一點吧，多做一些按摩和SPA，因爲妳的身體很快就要受刑了！」

掛掉電話後，林樂不解地問我：「妳剛才爲什麼告訴他我們在台中？我快被妳嚇死了！」

「我在跟他玩心理戰，我越強調，他越不相信。」我輕鬆不起來，「他現在應該會動員大部分人力去高雄找我，但拖不了幾天，這件事還是得速戰速決。」

「對！得速戰速決！我恨不得馬上離開這個鬧鬼的地方！」林樂環顧四週，眉頭深皺，這個鬼影幢幢的地方讓他很不自在。

「我們一定要反擊，想個辦法讓金爺在築海幫失去權勢，或者是被警察抓去關。」我斬釘截鐵地說，「這場對決，不是他滅亡，就是我們沒命！」

如果我們輸了，美好人生便成泡影。

如果金爺輸了，我們從此海闊天空。

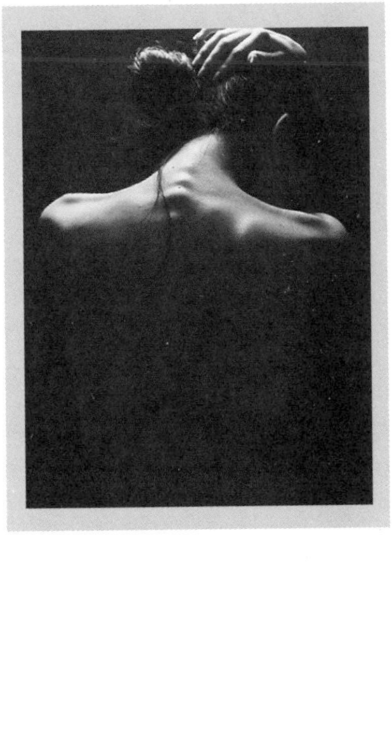

11 把逃命當度假

經過了輾轉難眠的一夜，第二天起床已是早上十一點多。刷牙洗臉後，我立刻上網留意毓正的最新動態。

早已過了追星族的年齡，還在每天密集留意某個人的消息，那種感覺眞奇妙；尤其對方是一個邀請妳讓他抓，痛苦由妳來受，獎金由他來領，而他非常大方願意分妳一成獎金的王八蛋。

「呴，這傢伙眞是有夠自戀，老是放自拍照。」我抗拒地看著毓正facebook上的醜男照，不禁搖頭嘆息。

「妳說誰？」還在床上睡覺的林樂轉身，睡眼惺忪地問我。

「我說毓正。」我一邊看毓正的留言，一邊回答林樂，「昨晚Hunter親自拜訪金爺，毓正就拉著他拍了好幾張。今天毓正得留在台南，很不爽，所以又拍了幾張表情委屈的照片。」

「徐毓正爲什麼不爽？」林樂問。

「因爲其他兄弟都可以去高雄獵我們，毓正不能去，得留在台南陪金爺，他覺得痛失賺獎金的機會。」我道。

「想太多。」林樂冷笑了一聲，「以他的智慧，一百年後還不見得能找到我們。」

「一百年？你也太高估徐毓正了吧？」我失笑，「給他一萬年還差不多。」

「對了，徐毓正爲什麼得留在台南？」林樂問。

「他沒有提耶，不過他貼了好幾張自拍的照片，風景還不錯，比人好看多了，是在釣蝦場外面拍的。」我道。

等一下……釣蝦場？

每隔一段時間，金爺都會帶十幾個兄弟去倉庫整理和分配槍枝，而那個倉庫——

——雖然我沒去過，但聽說就在釣蝦場的地下室！

莫非……

「天啊！反擊的機會來了！」我興奮地大叫。

「怎麼了？」林樂原本惺忪的眼睛，此際完全張開。

「他們可能在槍枝庫！報警把他們抄了！」我看到自由的曙光。

「妳知道在哪裡嗎？」林樂問。

「知道，他其中一張照片不小心把門牌拍進去了。」我說。

「由我來報警吧。」林樂自告奮勇地說。

「不要啦，你講話有腔調，警察可能會以為是惡作劇電話。」我道。

「不會啦，而且我的手機可以先撥號到韓國，再撥回來台灣，非常安全。」林樂說。

「這個功能不錯喔，就算金爺在警察局放了臥底，也查不到我們的來源。」我說，「好啦，你那麼想報警，就讓你來報吧！」

林樂從床上爬起來，用他的方法先撥號到韓國，再直接撥號到台南某分局。

我繼續瀏覽毓正的facebook，他完全沒有提到可甄被打的事，讓我覺得事有蹊蹺。

可甄是毓正的女朋友，如果事情是真的，以他的個性，就算不描述事發經過，至少也會宣洩一下難過的情緒，或到可甄的留言版上安慰一番；但毓正隻字未提，顯然昨天晚上只是一場戲，他們想用苦肉計引誘我回去。

幸虧我沒有心軟上當。

我準備離開毓正的facebook之際，眼角突然瞄到他稍早前新增了一個好友，時間點就在毓正張貼他跟Hunter合照後的兩分鐘。

毓正的好友名單裡，除了我之外，幾乎都不是什麼善類或好人；我點了一下那位被他新增的好友，看到那個帳號的「個人資訊」是空白一片，「相片」也是空白一片，是一個幾乎什麼都沒有的空殼；倒是「塗鴉牆」有一篇留言，是毓正留給他的：「我好佩服你喔！我也希望能像你一樣靠獎金過生活！」

這個幾乎什麼都沒有的帳號，大概就是Hunter的吧，只可惜空白一片，跟他本人一樣神秘莫測。

身旁的林樂正在用怪腔調向警方描述釣蝦場的地址，以及地下室可能有一個槍枝庫；在好奇心的驅使下，我點進林樂的facebook，想更了解這個跟我一起逃亡的傢伙的身家背景。

我是在小黎霸凌事件爆發後才加林樂爲好友，而這幾天處於逃亡狀態，所以我一直沒有時間看他的facebook；現在我靜下心來看他的個人資訊，發現林樂的家人欄只有爸爸和媽媽，點進去那兩位長輩的facebook，只看到一整頁的韓文，完全看不懂。

警方要求林樂親自到警察局報案，林樂爲了怕麻煩和後患，死也不肯配合警方，一再強調這是可靠情報，最後匆匆掛掉電話。

「我才不要回台南親自報案咧！」林樂把手機放在桌上，用鼻子噴一口氣，「搞不好在路上就被砍了！」

「原本我還擔心你的腔調可能會引起警察懷疑，以爲是惡作劇，幸虧你剛才的表現還算可以。」我說。

「我的國語本來就沒有很差。」林樂說，「我三歲以前，都跟我講國語，不過後來媽媽習慣用韓語跟別人做買賣，加上我在學校也必須用韓語，所以國語才有點生疏而已。」

「對了，你是獨子嗎？」我好奇地問。

「妳怎麼知道？」林樂驚訝地反問我。

「我看你的facebook，家人欄沒有兄弟姊妹。」我說。

「對，我是獨子。」林樂點點頭。

「你要不要先回韓國躲幾個月？」我認眞地問林樂。

「幹嘛回韓國？我說過要跟妳共同進退的啊！」林樂說。

「你是獨子，家人會擔心你。」我道。

「那又怎樣？做人要遵守承諾。」林樂說。

「可是萬一被找到，我們都有可能被殺，你還是先回去韓國吧！」我苦口婆心勸他。

「不回！我窮到沒有錢買機票，所以我不回，行不行？」林樂說，「而且，妳一個人逃命很苦，妳需要一個伴，我不願意丟下妳一個人不管。」

當初我是被林樂帥氣的臉蛋沖昏了頭，加上他的誠意感動了我，所以才會答應落跑。說實在的，事後我有一點後悔；我常常在想，如果當初我回廟裡被打五分鐘，現在可能已經風平浪靜，風波不會鬧這麼大，變成一發不可收拾的局面。

不過，這一刻當我看到林樂這麼堅持，我又不怎麼後悔了，還覺得有義務保護好他的安全；雖然林樂是男生，但顯然我的腦袋比他靈活一些。

「妳的家人應該也滿擔心妳的吧？」林樂問我，「妳跟他們說逃亡的事了嗎？」

「我是孤兒，沒有家人。」我說，「所以，就算我死了，也不過是多一具屍體而已，不會有人在乎我。」

「誰說的，我在乎啊！」林樂說。

「我也很在乎你，林樂，所以請你一定要讓自己的腦袋永遠保持清晰，不管遇到什麼狀況，都要想辦法保住自己的命。」我說。

「知道了。」林樂伸了個懶腰，「欸，妳覺不覺得待在家裡很無聊？」

「是有一點無聊。」我同意。

「那我們出去走走吧，順便刺激一下腦袋。」林樂建議。

我們不是在度假啊，林大哥！

賓拉登當初就是完全足不出戶，所以躲了十年才被美國抓到。

「我們在逃命，不能因爲無聊就出門，除非有必要。」我說。

「現在出門是有必要的。」林樂說。

「有什麼必要？」我問。

「出門走走可以讓我的心情更愉快。」林樂說。

「要是因此被抓回台南，這將會是你這輩子最後一次愉快。」我說。

「我們出門前會喬裝啊，怕什麼？」林樂的臉上掛著一副渴望出門解悶的表情。

「好啦。」我敵不過林樂的眼神，「那我們去教會視察一下環境，順便買午餐。」

「耶！」林樂興奮地跳起，跑到衣櫥拿假鬍鬚和太陽眼鏡。

唉，看來這傢伙眞的很不適合過逃命生活。

12 我的嘴角失守了，我的夢魘結束了！

我喬裝成呆妹，林樂則黏上假鬍鬚，戴上一副太陽眼鏡，以他喜歡的型男風格出門。

說了一個謊話後，必須用更多的謊言去掩飾；所以我們得去教會，看能不能拗個義工來當，以免廣叔哪天突然心血來潮跑去教會問話，發現我們根本不是教會的人，引發無窮後患。

我們低調不講話，默默地走到秀龍所說的那一家教會。我向教會人員表明自己是教友後，一位牧師走過來接見我們。

「嗨，我姓蘇，是這裡的牧師，有什麼我可以幫忙的嗎？」牧師走到我們面前，有禮地問我和林樂。

「我們是剛搬過來的教友，希望可以在這裡當義工，或者是幹部。」我說。

「我們現在不缺義工喔，也不缺幹部，不過歡迎你們常常來參與教會的活動。」蘇牧師說。

「拜託你安排一下，讓我們在教會有個身分，拜託拜託。」林樂懇求道。

「爲什麼你們這麼渴望有個身分？」蘇牧師不明白。
「我們最近常常在路上喊哈利路亞，拉其他人信耶穌，我們眞的很有誠意，所以我們很希望能夠有個身分，哪怕只是義工也好。」林樂說。
「那請問你們之前有當過義工嗎？」蘇牧師問。
「呃……有啊！」林樂睜著眼睛說瞎話。
「還是過一陣子再說吧！」蘇牧師道，「畢竟你們是新來的，第一次見面就讓你們當義工或神職，不太符合規矩。」
「蘇牧師，我們眞的很虔誠，也很有意願幫忙，你可以考慮破例一次。」我說。
「我們現在眞的不缺義工，而且重點是，沒有教友認識你們兩個。」蘇牧師說，「這樣好了，星期天早上你們過來跟所有人一起做禮拜，向教友做自我介紹；等大家熟了以後，我再幫你們安排。」
「哦……好吧！」林樂眼看勸不動蘇牧師，無奈地妥協。
「你們叫什麼名字？」蘇牧師問。
「我叫林樂。」林樂不假思索地回答。
天啊！
幹嘛用眞名？
我瞪了林樂一眼，但他看來不知道我爲什麼生氣，只是無辜地看著我。

「你是外國人嗎？怎麼腔調怪怪的？」蘇牧師好奇地問林樂。

「對啊。」林樂點點頭。

「哪一國的？」蘇牧師問。

「他是日本人。」爲免林樂再次說出「正確答案」，我趕緊代替他回答。

「日本人怎麼名字只有兩個字？」蘇牧師一臉疑惑。

「因……因爲這是他的漢名，在台灣才用這個名字。」我說。

「那妳呢？妳叫什麼名字？」蘇牧師轉頭問我。

「我……呃……我叫Diana。」我差點招架不住這個突如其來的問題，情急下把自己偶像的名字搬出來。

「Diana，很高貴的名字。」蘇牧師讚嘆道。

「呵呵，還不錯啦！」我擦了一下額頭上的冷汗，趕緊替林樂取一個假名字，「對了，林樂的英文名字叫Charles，所以你不一定要叫他林樂，也可以叫他Charles。」

林樂皺起眉頭，納悶地看著我。

離開教會後，在馬路前等交通號誌轉綠燈之際，林樂低聲問我：「妳剛才很奇怪耶，幹嘛叫我Charles？」

「你還好意思說，我們不是來交朋友的，我們是在逃命。」我提醒他，「不管任何場合，我們都不能說出自己的眞實姓名。」

「可是也不用叫我Charles啊！」林樂抱怨道，「查爾斯可是負心漢耶，他明明不愛黛安娜，卻把黛安娜娶進王室，害黛安娜過了十幾年痛苦的婚姻生活，而妳竟然要我跟那種負心漢用同一個名字！」

「剛才時間太短，根本沒時間思考，臨時想到Charles就直接用了。」我說。

「我寧願妳叫我Dodi，黛安娜生前最後一個男朋友，他們兩個眞心相愛。」林樂說。

「可不一定喔！」我搖搖食指。

「不一定？」林樂問。

「Dodi當初是聽從爸爸的指示，才會跟黛安娜王妃在一起，嚴格來說，他是爲了利益。」我道，「黛安娜王妃也不愛Dodi，她的密友拉娜曾經跟英國媒體說過，雖然查爾斯的不忠令黛安娜王妃傷心欲絕，使兩人離婚收場，但其實她的內心深處一直都只有查爾斯，其他男人只是她排解寂寞的對象。」

所以，我寧願叫你Charles。

剛才我在扮演Diana，在我的潛意識裡，馬上對應出你的名字是Charles，而不是其他男人的名字。

因爲Diana心裡眞正喜歡的男人是Charles，而我心裡喜歡的男生是……

終於轉綠燈了。

「不知道警察有沒有去釣蝦場抓人呢？」過馬路時，我心繫著金爺的命運。

「我也想知道，可惜我們的手機不能上網。」林樂聳聳肩。

「我們去辦隨身寬頻吧，辦了就可以隨時上網。」我說。

「有必要嗎？我們人在外面的時間應該不多。」林樂說。

「有必要。」我道，「就以星期天早上來說，我們在教會做禮拜，足足有幾個小時不能上網，空窗期實在太長；不能馬上知道金爺的行蹤，風險很大，所以一定要辦。」

我們走進一家通訊行，辦了新的門號和手機，接著跟他們租了一個隨身寬頻。

我把SIM卡放進手機，經過一番設定後，我打開隨身寬頻，立刻連上毓正的facebook，映入眼簾的是一篇氣憤的留言：「幹！我們的倉庫被抄了！是誰告的密？」

我的嘴角失守了，情不自禁地往上揚；心裡到底有多爽，我實在是無法形容。

活該！

大爛人金爺，再見了！慢慢坐牢吧！

我的夢魘結束了！糾纏我兩年的夢魘，終於結束了！

兩秒後，毓正發了一篇新的留言，使我得意的笑容瞬間僵掉。

「幸虧我和金爺及時從後門逃跑，才沒有被抓。唉，可憐的阿州……」

什麼東西啊？

竟然讓最該被抓的大壞蛋逃跑了，那個阿州大概得頂罪吧？

換言之，金爺應該會逍遙法外，所以林樂和我的危機還沒有解除。

可惡！

此時，我原本的手機突然傳來簡訊的鈴聲。

我打開一看，是金爺的質問訊息：「警察爲什麼會知道？是不是妳告的密？說！」

拿破崙說過：「不要做敵人希望你做的事」，所以我不理會他的簡訊。

我靠向林樂，低聲對他說：「我們得盡快跟嚴總聯絡上。」

「嚴總是誰？」林樂小聲問我。

「築海幫的幫主。」我說。

13 沒想到這麼年輕就要寫遺囑

我們在一家燒臘店買了兩個便當，回寢室後，一邊吃飯一邊上網搜尋嚴總的聯絡方式。

嚴總表面上的職業是生化科技公司老闆，不過在那家公司的網頁上，沒有留下嚴總的e-mail或任何聯絡電話。

二十分鐘後，我指著電腦螢幕，興奮地大叫：「哈哈！找到了！終於找到嚴總的e-mail了！」

林樂瞄著我的電腦，語帶崇拜地問我：「他的e-mail很難找耶，妳怎麼找到的？」

「我在一個留言版找到的。」我說，「那家公司的員工在討論公司旅遊的事，後來大家意見分歧，演變成吵架和互相人身攻擊，最後嚴總出來主持公道，發表了一篇文章，留下了e-mail。」

「太好了！那妳趕快寫信給他，求他罩我們。」林樂催促我。

「不，爲了保住我們的命，不能求他罩。」我說。

「不能求他罩？那妳找他的e-mail幹嘛？」林樂問我。

「我要用離間計對付他們。」我說。

「離間計？」林樂不懂。

「我要放一個謠言，讓嚴總對金爺產生懷疑，讓金爺失去地位。」我說。

「嚴總跟金爺是築海幫的權力核心，他們之間感情應該很好吧？嚴總會相信妳的謠言嗎？」林樂沒信心地問。

「總比什麼都不做，坐以待斃來得好。」我道，「有離間，至少有成功的機會。」

「妳打算怎樣離間他們？」林樂問。

「最近金爺跟嚴總的姪子David常常一起上夜店，感情超好。如果我說金爺想把嚴總拉下來，讓David坐上幫主的位子，嚴總可能會開始防範金爺。」我沙盤推演。

「只是開始防範而已嗎？不能讓嚴總馬上把金爺踢出幫會嗎？」林樂問我。

「要瓦解兩個人之間的信任，需要時間日積月累，最快也得一兩個禮拜，甚至一兩個月。」我說，「世界上不可能有一個黑社會老大，愚蠢到光憑一封e-mail就把心腹踢出幫會；但如果不斷有人寄信向他爆料，越爆越多，好幾個謠言集合起來，就有可能讓他信以爲眞。」

「還要花時間等。」林樂似乎不太滿意，「如果我們直接開口求嚴總罩，不是更快嗎？」

「行不通。」我搖搖頭。

「怎麼會行不通呢？」林樂說，「如果以暗棋來比喻現在的形勢，金爺只是『車』而已，嚴總是『將』，他是唯一能壓得住金爺的棋子；只要嚴總答應罩我們，我們就安全了！」

「想太多，哪裡安全？」我不悅地說，「我們怎麼可以把自己的命運交給別人來處置呢？」

「什麼意思？」林樂不明白。

「萬一嚴總使詐，很客氣的誘騙我們回去和解，然後把我們抓起來執行幫規，你覺得我們還能活著看到明天的太陽嗎？」我反問林樂。

「喔……對咆，我沒想到這一點。」林樂被我的話驚醒了，「如果嚴總回信假裝安撫我們，然後叫我們到台南談判，到時候我們還眞不曉得該不該回去，搞不好回去就沒命了。」

「對嘛，你那一招太危險了。」我說，「還是離間計比較安全，萬一失敗了，至少不會賠上性命。」

「唉，我還以爲『將』可以剋制『車』呢。」林樂嘆道。

「現實跟下棋是兩回事。」我說，「你不是韓國人嗎？怎麼連暗棋你也會？」

「當然會啊，因爲讀書很無聊，所以我平時都會上遊戲網站打麻將和下棋消磨時間。」林樂說，「我覺得暗棋是台灣所有遊戲裡面最好玩的。」

「怎麼說？」我問。

「因爲暗棋的勝負往往是由運氣來決定，就算腦袋放空，亂翻棋子也不見得會輸。」林樂得意地說。

「唉，林樂，你這樣不行啦！」我搖搖頭，哭笑不得地說，「我們在逃命，不是在下暗棋，你不能老是讓腦袋放空。我們要是輸了，就只有死路一條，不能再重來一局。」

「知道了，我會注意。」林樂說。

我在入口網站註冊一個充滿陽剛味的帳號，排列中隱藏著英文髒字，使收信的人不會認爲這是女生用的帳號。接著我用這個帳號假冒毓正之名，寄了一封告密信給嚴總。

我在信裡大膽爆料，直言金爺想讓David當幫主，因爲David愚昧，很好控制。

而爲了把嚴總拉下台，所以金爺今天故意向警方告密，透露槍枝庫就在釣蝦場的地下室，讓警方抄走了那批武器，眞正目的是讓嚴總的威信下滑，將來就有藉口把嚴總拉下台。爲什麼金爺可以在釣蝦場順利逃掉？因爲金爺就是告密者！

我一邊爲自己的離間信潤稿，一邊狡猾地笑著。

金爺雖然順利逃掉，但也別太高興，我還是可以讓他的幸運轉變成致命傷！

把離間信寄出後，身旁的林樂指著自己的電腦，愁眉深鎖地對我說：「茶碗蒸，妳看，校長寄了一封e-mail給我耶！」

「內容是什麼？」我問。

「他很關心我們的霸凌事件。」林樂說。

「這些鐵飯碗動作也太慢了吧？都發生好幾天了，怎麼現在才寄信來？」我嘴裡奚落，心裡卻渴望將來能成爲鐵飯碗，做事慢條斯理，卻永遠不怕被革職。

「校長給我們三條路，要我們三選一。」林樂說。

「哪三條路？」我問。

「第一條路是回去接受學校的心理輔導，總共三十個小時，並在電視上鞠躬道歉。這是他的建議選項。」林樂說。

「不行，我們現在不能回去，太危險了，下車不到一個小時就會被活埋。」我說，「另外兩條路是什麼？」

「第二條路是休學一年，等事情平淡之後再繼續學業。第三條路是直接退學。」林樂說。

「我選第二條，休學一年。」我說，「我們不讓學校難做，找一天回去辦休學。」

「妳不是說現在回去很危險嗎？下車不到一個小時就會被活埋。」林樂問。

「當然不是這幾天回去，過一陣子再偷偷回去吧！」我道。

「一年夠嗎？」林樂憂慮地問，「萬一明年金爺的氣還沒消，那我們怎麼辦？」

「那就再辦一次休學，直到哪一天我們確定自己不會有生命危險之後，再回去完成學業。」我說。

「會不會這輩子都不能再回去讀書了？」林樂不太樂觀。

「如果真的不能回去，那也得接受現實，畢竟我們的命比學歷重要。」我說。

「不是吧？」林樂說，「我覺得命和學歷一樣重要，不然我幹嘛來唸大學？」

「你聽過黛安娜王妃吧？」我問。

「聽過啊。」林樂翻了翻白眼，「妳三不五時提起她，我能不聽過嗎？」

「黛安娜王妃就證明了學歷只是狗屁。她以前成績很差，連大學都沒考上，但她比很多高學歷的人都還要優秀。」我說，「例如她會親自到貧窮國家，跟地球上最需要幫助的弱勢族群接觸；她敢在記者面前擁抱愛滋病患者，告訴全世界愛滋病患者要的是愛，而不是被隔絕和歧視；她親自踏上地雷區，只爲了推廣反地雷這個觀念；她親自帶威廉王子和哈里王子，不假手於人，她教出來的兩位王子都很有教養。」

「那也得先嫁進王室才行啊！」林樂說，「我總不能把自己閹了，然後找個王子嫁一嫁，再在媒體面前高調的做善事，告訴全世界學歷一點都不重要。」

「沒有大學的學歷，眞的不會怎樣啦！」我說。

「如果這輩子都不能再回去唸書，妳打算怎麼做？」林樂問我。

「可能就一輩子隱居吧，頂多考個空中大學的文憑。」我道。

「妳要不要陪我去韓國？」林樂問。

簡訊的鈴聲突然響起，打斷了林樂和我之間的對話。

我拿起手機一看，是金爺傳來的新簡訊：「賤貨，剛才那封e-mail是妳寄給嚴總的吧？」

我背後一涼，嚇了一跳。

「奇怪，金爺怎麼會知道是妳寄的？」林樂看完簡訊後，臉上充滿問號。

「他傳來的是疑問句，這表示他只是懷疑而已。」我道，「只要我不回覆他，他永遠沒辦法確定是不是我。」

簡訊鈴聲再次響起。

我拿起手機一看，又是金爺：「剛才嚴總收e-mail的時候，我和毓正就在他身邊！所以，要嘛就是毓正會用念力寄信，要嘛就是妳在離間我們！」

「唉！糗了！」我搖搖頭。

「唉，毓正竟然剛好在嚴總身邊，妳運氣眞差耶！」林樂拍了拍我的肩膀。

「自從我的人生遇上金爺之後，我的運氣從來沒有好過。」我聳聳肩。

「希望妳的下一個男人會更好。」林樂煞有介事地指著自己的鼻子。

「在說誰啊？」我明知故問。

「不知道。」林樂害羞地避開我的眼神。

簡訊鈴聲再次響起。

我拿起手機一看，還是金爺：「連嚴總也敢耍，我們的槍枝庫也敢抄，妳可以先去找墓地了，記得寫遺囑！」

14 恐怖的對手

隔天傍晚，林樂和我到大賣場採購兩個禮拜所需的食物和飲料。

經過麵包區時，一盤香氣四溢的奶酥麵包就放在最顯眼的位置，我的右手情不自禁地伸了出去，腦袋卻命令我停手。

「怎麼突然停住？妳不是最喜歡吃奶酥麵包嗎？」林樂低聲問我。

「我要是拿了，可能會洩露行蹤。」我把手縮回來，低聲回他，「幫會裡很多人都知道我喜歡吃奶酥麵包，所以他們人肉搜索的時候，會特別留意那些買奶酥麵包的人。」

「那妳以後不就不能再吃奶酥麵包了嗎？」林樂說。

「沒辦法，只好先戒掉。」我告誡林樂，「你也一樣，這陣子最好先戒掉喜歡吃的食物，泡菜就不要吃了，因爲Hunter那個傢伙光憑一個麵包或一罐泡菜，就有可能找到我們。」

「活著就是要享受人生啊，連最喜歡的食物也不能吃，做人還有什麼意思嘛！」林樂嘟著嘴巴說。

「我們又不是在度假，享受什麼人生？」我沒好氣地說，「從你答應跟我逃亡的那一刻開始，你就應該要有過苦日子的心理準備。」

「唉，好想吃有泡菜的石鍋拌飯喔！」林樂問我，「對了，要不要讓我帶妳去韓國？」

「韓國有什麼好？」我問。

「跟我去韓國，可以讓妳躲一輩子。」林樂說。

「我不是韓國公民，我在那邊沒有身分，要是被警察抓到，可是要被送回來台灣的。」我說。

「妳可以先跟我結婚啊，結婚之後就有身分啦！」林樂突然提出一個過分的要求。

「哼，我們還沒有談過戀愛，也不知道相處的感覺如何，結什麼婚？」我反對。

「韓國會是妳的樂土，妳可以考慮一下。」林樂說。

「我從來沒有去過韓國，你怎麼知道韓國一定是我的樂土？」我道。

「哪個地方能讓妳安全和快樂，哪個地方就是妳的樂土。」林樂說，「所以，妳的樂土可能是韓國，可能是非洲，可能是日本；但就目前的情況看來，妳的樂土不會是台灣。」

「可是我比較喜歡台灣這塊土地。」我說。

「留在這塊土地只會讓妳身陷危境。」林樂提醒我。

「除非已經沒得選擇，否則我絕對不去韓國。」我斬釘截鐵地說。

「爲什麼？韓國有那麼差嗎？還是妳不想活命了？」林樂不諒解地看著我。

「你總不能一輩子包庇一個偷渡客，我也不願意讓你養一輩子。」我說。

「响，只要我們結婚，一切不就解決了嗎？」林樂說。

「我們現在連情人都不算，我才不要跟你結婚。」我道。

「喔，不然我們現在開始交往好不好？」林樂試探地問我，帶著嘻皮笑臉。

「哪有人這樣告白的啊？」我甩開他，故作生氣地往前走，「一點誠意也沒有。」

林樂和我一次買了六大袋乾糧、泡麵和飲料，份量大概可以撐兩個禮拜。結帳後，我們愉快地走路回家，突然看到前面的十字路口有幾個流氓聚集，爲首的廣叔拿著手機對經過的路人拍照。

林樂和我嚇得趕緊拐進小巷子躲開那些煩人的傢伙，繞路抵達另一個街口時，看到電燈柱上被貼著一張告示，上面有一男一女的照片，以及他們的罪狀。

「咦？這不是妳逃命之前的造型嗎？」林樂指著告示上的女生照片，驚訝地問我。

「太過分了吧！說我有性病，欠債不還錢。」我指著告示上的罪狀，生氣地說。

「他們對我才過分！說我召妓不給錢！」林樂氣憤地伸出右手，欲把告示撕掉，我連忙制止他。

「為什麼阻止我？他們汙衊我耶！」林樂不諒解地看著我。

「小心隔牆有眼。」我小聲提醒他。

「隔牆不是有耳嗎？騙我沒學過成語喔？」林樂說。

「一般人不會撕這種告示，除非是清潔工或當事人。」我說，「你要是撕了，等於讓那些可能躲在暗處偷看的傢伙知道，我們就是告示上的當事人。」

「妳看，告示上還有附手機號碼耶，請有看過我們的人打電話過去，懸賞二十萬塊。」林樂說。

「放心吧，現在我們完全不像照片裡的人，應該沒有人可以賺到這二十萬塊獎金。」我說。

「這張告示是誰貼的？Hunter嗎？還是築海幫的兄弟？」林樂問。

「應該不是Hunter。」我猜測道，「Hunter是個獨行俠，為人聰明但自私自利，這種人應該會想辦法把五百萬全部賺進自己的口袋。」

「所以妳覺得是築海幫的兄弟嗎？」林樂問我。

「應該吧，我現在可是價值五百萬的獵物，想抓我的兄弟可多著呢。」我道。

「不知道我值多少錢呢？」林樂咕噥。

「你不值錢。」我潑他冷水，「不過你很重要，他們只要找到你，就等於找到我。」

遠離電燈柱後，我拿出手機上網看毓正的最新動態，沒有看到重要的消息，倒是看到很多噁心的自拍照。

身旁的林樂指著其中一張自拍照，不屑地說：「死爛貨徐毓正，兩眼開開還敢這麼自戀！」

「他很自信，自信到不知道自己沒人性，一邊做壞事還一邊露出自以爲陽光的笑容。」我道。

「一個人長得像蟾蜍沒關係，最可怕的是內心跟外貌一樣醜陋。」林樂說。

「唉，眞希望事情趕快結束，毓正的噁心照片看多了，還眞的有點想吐。」我嘆道。

「妳就不能追蹤其他兄弟嗎？找個比較上相的來追蹤，就不會想吐了。」林樂說。

「他的那群兄弟每一個都凶神惡煞，哪有上相的？」我嗤之以鼻，「我們的敵人當中，唯一還能看的只有Hunter而已，他還算有型，可惜他的網站沒有放任何照片。」

我邊說邊連往Hunter的facebook，上面依然是一片空白，什麼都沒有。

我突然靈機一動，複製Hunter的帳號，然後貼上入口網站的搜尋欄；經過一番搜尋後，意外發現Hunter在噗浪有註冊帳號。

更讓我感到興奮的是，Hunter的噗浪不像facebook一片空白，他偶爾會上去留言。

像昨天他在噗浪留了這樣的訊息：剛在客運站看了監視錄影帶，果然被我猜中！

而在十五分鐘之前，他留了一則新的訊息：待會去茶行，順便買最愛的烏龍茶葉。

「Hunter知道我們來台中了。」我帶著遺憾的心情，向身旁的林樂宣布這個壞消息。

「他知道了？他怎麼知道的？」林樂錯愕地問。

「應該是客運站。」我不寒而慄地說，「好可怕的傢伙，其他兄弟爲了獎金都跑到高雄了，他卻能保持冷靜的頭腦，沒有一窩蜂的跟著去，而是到客運站看監視錄影帶。」

「他看到我們坐上台中的客運了嗎？」林樂問。

「應該是看到了，因爲他待會要去茶行找廣叔，大概是去問有沒有看到什麼可疑人物吧！」我道。

「茶碗蒸，我們現在是不是隨時都會被找到？」林樂緊張地問。

「有可能，但也不用太擔心，因爲廣叔沒有發現我們兩個是喬裝的，所以廣叔能給Hunter的資訊很有限。」我說，「不過爲了安全起見，這幾天我們不要出門了。」

「明天就是星期日了，我們還要去教會做禮拜嗎？」林樂問，「萬一廣叔的手下發現我們沒有去教會，馬上就會知道我們是假冒的，然後就會猜到我們的身分。」

「教會還是得去。」我說，「不過，除了做禮拜之外，其他時間通通不出門。」

* * * * * *

第二天早上，林樂和我盛裝打扮後出門，準備到教會偽裝教友。路上，我打開隨身寬頻，用手機上網追蹤毓正和Hunter的網站。毓正的facebook貼了一些無關痛癢的個人感受和自拍照，而Hunter的噗浪則在兩分鐘前新增了一篇留言：「我不知道該怎樣形容現在的興奮！獵物要上鉤了！倒數十分鐘！」

我皺起眉頭，不自覺地瞄了一下手錶上的時間：七點五十二分。

「完了！」我停下腳步。待會那場禮拜在八點鐘開始。

「什麼事？」林樂納悶地看著我，還不知道事情有多嚴重。

我在手機鍵盤上按了幾個鍵，撥號給蘇牧師。

「喂，哪位？」電話接通後，對方問我。

「我是前幾天來過的Diana。」我說。

「妳好，妳和林樂不是說今天要過來做禮拜嗎？」蘇牧師問。

「我們在路上。」我說，「對了，請問一下，最近是不是有一個手臂上刺著『H』的年輕男人來找你？」

「有啊，他昨天晚上來過，還問了我很多問題。」蘇牧師說。

「他問了什麼？」我問。

「他說他是陳婉珍的朋友，我說我們教會沒有這個人，接著他問我認不認識一個叫林樂的，我想起妳的朋友就叫林樂，所以就回答他這個星期天早上你們會來做禮拜。」

我聽得冷汗直流。

「那個男人是你們的朋友對不對？」蘇牧師問我。

「朋友個屁。」我用不屑的語氣掩飾心裡的恐懼。

「怎麼了？」林樂問我。

「Hunter就在教會等我們。」我的牙齒不斷顫抖。

15 告白

「走！」我牽著林樂的手，轉頭，「回去拿電腦，馬上離開這裡！」

「怎麼回事？Hunter為什麼會知道我們在教會？」林樂問。

「Hunter昨天去茶行跟廣叔打聽，大概已經從一堆的可疑人物當中過濾出我們。」我說。

「以Hunter的智慧，會過濾出我們最可疑，也算合理。」林樂說。

「不過我猜Hunter爲了獨吞五百萬獎金，應該沒有跟廣叔說出他的想法。」我沙盤推演，「之後，Hunter偷偷去教會找蘇牧師，用他的套話技巧套出我們就是他要找的獵物。我們洩底的最關鍵原因，就是你的眞實名字，林樂。」

「才沒幾天就找到我們，這個Hunter也太可怕了吧！」林樂沮喪地說。

「現在唯一可以確定的是，Hunter還不知道我們住在哪裡，所以他才會待在教會等我們上鈎。」我道。

「不幸中的大幸。」林樂原本緊皺的眉頭稍微鬆開。

「別高興得太早。」我說，「如果再給Hunter一天時間，他很有可能打聽到我們住在哪裡。」

「所以我們只能離開台中了？」林樂問我。

「沒別的選擇了。」我攤開雙手，「像Hunter那麼可怕的人，你要留在台中讓他抓嗎？」

「好吧，至少不用再跟鬼同居了。」不甘心的林樂，勉強擠出一個搬家的好處。

林樂和我回寢室後，匆匆把筆記型電腦及一些日常用品放進行李。

秀龍不知道去哪裡吃早餐了，我們來不及跟他道別，便坐上計程車前往台中火車站。

我們買了兩張前往台北的車票。在月台等候自強號時，我拿出手機，打開它的錄音功能。

「妳幹嘛？」林樂好奇地問我。

「我在錄火車經過的聲音。」我道。

「原來妳喜歡火車的聲音喔？」林樂問。

「並沒有，我錄音是有原因的。」我解釋道，「下次如果有機會跟金爺講電話，我故意放火車的聲音給他聽，就可以誤導他。」

「哇塞，妳也太狡猾了吧！」林樂用佩服的眼神看著我，「待會我們到台北之後，是不是要租一個遠離火車站的地方？」
「哈哈！沒錯，你變聰明了。」我向他豎起拇指。
「那是因爲跟妳相處久了，所以我的腦袋也越來越靈光。」林樂說。
「除了火車的聲音之外，我們還要找個時間去錄海邊的浪聲，寺廟的鐘聲，動物的叫聲，總之聲音越多越好。」我道。
「幹嘛錄那麼多聲音？」林樂不解地問。
「多錄幾種聲音，將來有需要的時候，可以根據情況拿出來用。」我道，「這叫狡兔有三窟，狡猾的人也有三聲。」
「嘖嘖，妳眞的是亡命界的天才耶！」林樂對我嘖嘖稱奇。
「不敢當，我不是什麼天才，我只是怕死而已。」我說。
「這次我們到台北後，是不是又得改頭換面了？」林樂問我。
「當然要。如果這裡有監視器，而將來Hunter又有辦法看得到監視錄影帶的話，他會看到現在的我是呆妹，而你是鬍子型男。」我道，「所以我們到了台北後，要以完全相反的形象過活。」
「型男的相反……不就是呆瓜嗎？」林樂嘆道，「唉，看來這次想不裝呆瓜也不行了。」
「哈哈，這次我要演失婚的中年婦女，化老妝！」我說。

當天傍晚，我們在淡水的某個山上租了一間廉價的套房，那是一個有窗戶且對著馬路的房間，可以隨時留意樓下有沒有黑道徘徊。

一切曾經在台中發生過的流程，接下來的幾天在淡水重新上演了一遍；我們一如往常地在窗戶上裝了特製的玻璃防止被外人用望遠鏡監視，一如往常地每天密集追蹤毓正和Hunter的網站，一如往常地總是一次採購大量食物，一如往常地只有買便當的時候才出門。

每次出門前，林樂和我都會悉心打扮，喬裝成另一個身分。在淡水，我們同樣在路上遇到「很關心新住客」的黑道分子兼怪叔叔——阿田伯。

不過，這次林樂和我早有準備，他飾演一個沒有辦法講話的啞巴兼呆瓜，我則飾演一個得理不饒人的歐巴桑；面對阿田伯和兄弟們的攔路盤問，我用潑婦罵街來回應，很快就引起其他路人的側目和圍觀，使得阿田伯尷尬不已，知難而退。

往後的日子，阿田伯和兄弟們只要在路上看到我，總是臉帶不屑、悻悻然躲開我，因此林樂和我在淡水還算安全，至少暫時躲過金爺發起的黑道人肉搜索。

五天後的傍晚，當我們在淡水的生活已經安定下來後，林樂遊說我去海邊。

「去海邊幹嘛？」我問。

「老是窩在家裡，很無聊耶，偶爾也該出去走走嘛！」林樂說，「而且妳不是說過要去錄海浪聲嗎？」

「對啊，我有說過，不過這幾天太忙了，還沒有找到時間。」我說。

「現在有時間了，走吧！我們去海邊錄音！」林樂站起來，拿起假髮和錢包。

「其實海浪聲不一定要跑到海邊才能錄，上網也可以找到。」我說。

「哎喲，出門走走嘛，除了海浪聲之外，搞不好還可以錄到其他有用的聲音。」林樂說。

「我覺得還是盡量少出門比較好。」我提醒他。

「放心啦，阿田伯現在看到妳就像看到鬼一樣，金爺在淡水的眼線形同虛設。」林樂說，「Hunter雖然聰明，但他也需要線索，他現在根本沒有線索可以找到我們的行蹤。」

「還是得小心。」我說。

「別擔心太多，Hunter不是神，不可能這麼快就找到淡水來。」林樂牽著我的手，慫恿道，「走啦！我們去錄海浪聲，順便玩個爽！」

「好啦。」我敵不過林樂的熱情，屁股離開座椅。

我喬裝成歐巴桑，林樂喬裝成呆男，我們離開套房後，習慣性地低下頭來。

我們繞小道徒步下山，走到淡水捷運站，我用手機錄下捷運經過和站員廣播的聲音。接著我們走到岸邊，我錄下閒逸的海浪聲，攤販的叫賣聲和遊客的喧鬧聲。

「走！我們去逛老街。」我才剛錄完，林樂便拉著我的手前往老街的方向。我們從人群中融進淡水老街，沿路遇到各式各樣的人；情侶們甜蜜地牽著小手，一家大小無憂無慮地享受著天倫之樂，愉快的氣氛使我連日來緊繃不安的心情稍微得到放鬆。

我們經過多家吃喝玩樂的店，試吃了花枝丸，買了兩盒杏仁茶，嚐了二十元一大支的冰淇淋，不知不覺來到了渡船頭。

我看到岸邊有三艘等待出發的船，其中兩艘船前面大排長龍，另外一艘是小遊艇，沒有人排隊；小遊艇上掛滿了五彩繽紛的氣球和燈泡，紅綠藍橘黃，各色燈光在船身忽暗忽明，奪目耀眼，顏色配置高貴而迷人，彷彿從童話裡誤闖這個殘酷無情的現實世界。

「走！我們去漁人碼頭看夜景。」林樂建議。

「不要啦，人很多耶，排隊要排很久。」我有點抗拒。

「不用排隊，我們坐那一艘。」林樂指著小遊艇說。

「不行啦，那艘一看就知道是私人的船，我們不能上啦！」我道。

「可以。」林樂神秘地笑了笑，「我們就是私人，所以我們可以上。」

「什麼意思？」我不懂。

「跟我走就對了！」林樂再次牽起我的手，拉我往前走。

走到小遊艇前，船員果然沒有攔住林樂和我，還躬身歡迎我們上船。

上船後，我納悶地看著林樂，他拍拍我的肩膀，撫平我疑惑不安的情緒。

「開船。」林樂轉頭對船長下命令。

遊艇離開岸邊，緩緩往海中央移動，涼風吹過我的臉頰和項側，捎來一絲與世無爭的氣息。

「妳看！那裡的夜色好美。」林樂指著八里的方向，興奮地大叫。

「那裡是八里，晚上挺漂亮的。」我說。

「可惜啊，世界上有一種東西更美，美得讓我覺得八里也不怎麼樣了。」林樂聳聳肩。

「什麼東西更美？」我問。

「妳。」林樂說。

「我現在可是歐巴桑耶，哪裡美了？」我用手比著自己今天的造型。

「妳的性格，妳的特質，妳的全部，在我眼裡都很美。」林樂認眞地看著我，「我喜歡妳，不管妳變成什麼造型，我都一樣喜歡妳。」

「怎麼突然說這些？你該不會是在告白吧？」我臉頰頃刻發燙。

「對，我喜歡妳。」林樂收起害羞的個性，大膽跟我說。

「難怪帶我來坐遊艇。」我嘀咕。

林樂沒有回應我，逕自走到一個木箱前，從箱子裡拿出一束玫瑰花。

「最近的相處讓我覺得，我好想以後繼續跟妳一起生活，一起成長，一起努力扭轉我們的命運。」林樂說。

「我也覺得跟你一起生活很開心。」我瞄了一眼他手捧的那束玫瑰花，大概有五十支左右。

「妳願意當我的女朋友嗎？」林樂問我。

「我……」我是女孩子，不能輕易答應這種事，何況我現在亡命天涯中，心理狀態各方面也不見得適合談戀愛，「我不知道耶。」

「我不夠好嗎？」林樂有點失落。

「不是啦。」我捨不得看到他失望的表情，「你有沒有更充分的理由可以說服我？」

「有。」林樂突然模仿起我的口吻，反問我，「妳聽過黛安娜王妃吧？」

「聽過啊！」我答。

「黛安娜王妃曾經跟她的兒子威廉說過：娶一個視你爲朋友的女人當老婆。」林樂道。

「林先生，請問你現在是在挑老婆嗎？」我差點沒翻白眼。

「不不不，妳誤會了！」林樂焦急地說，「其實黛安娜王妃的意思是說，兩個人要長相廝守，彼此之間最起碼能夠當好朋友，相處起來沒有芥蒂，兩個人不是爲了利益或是貪圖美貌才走在一起，因爲這樣的關係不會長久。」

「嗯。」我點點頭。

「金爺跟妳交往只是貪圖妳的美貌，把妳帶出去，讓他很有面子，就像查爾斯王子當初爲了王室的形象，硬是把自己不愛但年輕貌美的黛安娜王妃娶進門一樣。」林樂對我說，「而妳呢，妳是在一群黑道兄弟的包圍之下，被逼跟金爺交往，妳從來就沒有愛過他，也不敢離開他。兩個硬湊在一起的人，彼此都沒有把對方當朋友，當然不會有好的結果。」

「唉。」我抿著嘴巴，淚水在眼角打轉。

「但我不一樣，我眞的有把妳當朋友。」林樂雙手抓住我的肩膀，用眼神緊緊揪住我的心，「經過最近這些日子的相處，我們互相照顧，互相打氣，雖然我們偶爾會鬥嘴，但那是好朋友之間的吐嘈，我覺得很幸福。我眞的很希望能夠當妳的男朋友，雨天爲妳撐傘，夏天爲妳擦汗，我保證將來一定可以給妳很甜蜜的愛情生活。」

「哦。」我忍俊不禁地看著林樂，像在吃甜度百分之一百二十的冰淇淋。

「妳願意當我的女朋友嗎？」林樂語畢，帶著誠意的眼神和羞澀的小嘴，把玫瑰花捧到我面前。

16 人生不要留下遺憾

「好。」我紅著臉，收下林樂的鮮花。

「耶！」林樂高舉雙手歡呼，「船長，我成功了！我成功了！」

三秒後，船員們往天空綻放煙火，把夜色染得繽紛絢麗，美得讓人有放縱自己的衝動，永遠融進林樂的身體裡。

「你這次也太破費了吧？」我說。

「還好啦，五位數而已。」林樂道，「那天在台中的大賣場，妳說我誠意不夠，當時我就下定決心要給妳一個有誠意的告白。」

「那只是玩笑話而已，你安排這些太花錢了啦！」我怪責他。

「最重要是能夠讓妳開心，我覺得很值得。」林樂說。

我雖然暖意在心頭，卻也想到我們快要見底的存款……

下船後，林樂牽著我的手漫步漁人碼頭。

我很想用快樂的情緒陪他，但對某件事的牽掛卻讓我無法開懷，只能強顏歡笑。

「妳怎麼一副心事重重的樣子？」林樂問我。

「沒有，我在擔心一些事情。」我道。

「什麼事情呢？」林樂關心地問。

「我是孤兒，從小到大我都很缺乏安全感。」我坦白地說，「所以我常常把錢看得很重，錢夠用才能讓我覺得人生是安全的。」

「妳在擔心錢的事嗎？」林樂問。

「嗯，我們兩個加起來的錢剩不多了。」我說。

「不用擔心。」林樂認真地看著我，「我給妳一個承諾，未來幾天我會開始找工作。」

「可是我們還在逃命耶！」我提醒他。

「錢的問題總得面對，我們不可能一輩子躲在室內，總得出去賺錢。」林樂說。

「說得也是。」我道。

「該花的錢，還是得花。妳不用煩惱錢的問題，我一定可以解決。」林樂說，「對了，從今天起，妳不再是孤兒了。」

「怎麼說？」我問。

「因為我會像妳的家人一樣，永遠的保護妳，照顧妳。」林樂說。

我的防線崩潰了。

為什麼你要用這麼帥氣的表情，說出甜度這麼濃郁的話？

林樂把我抓進懷裡，我們在皎月涼風的見證下紮實地擁抱著。

過去每一次被金爺擁抱，我的內心充斥著恐懼和敷衍之情，我好想要一個眞正愛我且我愛的男人；而現在的肌膚之親，讓我確確切切地感受到，懷裡就是我要的依靠。

* * * * *

我們的「亡命基金」快用光了。

正如林樂所說的，有些問題總得面對，不能逃避也不能拖，於是我們在網路上積極找工作。

經過幾天的努力，林樂透過秀龍的介紹找到一份翻譯的兼差，負責把韓劇翻譯成中文；而我，出門在外飾演一個中年婦女的我，也得找一份符合這個角色的工作。作為一個歐巴桑，如果跑去當酒促小姐或Show girl，雖然錢賺得比較快，但也很容易暴露身分。

後來，我在職業訓練中心找到「居家照顧服務員」這份差事，這個工作很符合我目前的形象，但必須接受職前訓練，為期三個禮拜。

某天傍晚，我接受訓練回家後，買了一份泡菜牛肉蛋包飯回家犒賞林樂。

「猜猜看我買了什麼回來？」把門關上後，我晃了晃手中的便當，神秘地笑著。

「是什麼？」林樂放下手邊的工作，舉起鼻子猛嗅，試圖用嗅覺聞出蛛絲馬跡。

「是牛肉蛋包飯，有附泡菜的喔！」我說。

「哇！太好了！我好久沒有吃泡菜了！」林樂興奮得跳起，感動地看著我。

「我看你最近每天都翻譯到凌晨三四點，有點心疼，所以買了你最喜歡吃的食物慰勞你。」我說。

「跟我親親就好，親熱就是最好的慰勞了。」林樂笑道。

「呴！不正經！」我假裝生氣，打了林樂的手臂一下。

「我怕你累壞，所以還買了硯精。」我從包包裡拿出兩罐「特別獎品」。

「謝謝妳！」林樂激動地連親我的臉。

「好啦，先吃吧！」我害羞地推開他。

林樂打開便當，開始大快朵頤。

咬下幾口雞蛋和泡菜後，林樂好奇地問我：「妳上了十幾天的課，還順利嗎？」

「很順利啊，不過今天的課滿耗體力的。」我說，「再過十天就完成訓練了，最快兩個禮拜之後就可以開始照顧病人。」

「要照顧什麼樣的病人呢？」林樂問。

「我們要親自到患者的家裡，照顧那些智能不足的病人，打點他們的起居飲食，幫他們洗澡，打掃環境。」我說。

「應該很辛苦吧？」林樂說。

「還好啦，每個行業都很辛苦，有哪個行業不辛苦的嗎？」我說。

「妳以前是平面模特兒，拍照就能賺錢，工作還算輕鬆，還可以打扮得漂漂亮亮。」林樂說，「妳現在突然放下身段，做那些粗重的工作，我擔心妳適應不過來。」

「活下去比較重要啦！」我道，「如果我現在回去拍平面照，就等於給金爺和Hunter留下線索；他們可以威逼利誘那些網拍業者交出我的資料，循線找到我，或者是在拍攝現場埋伏，等我上鈎。」

「說得也是。」林樂把兩片泡菜夾進嘴裡咀嚼，臉上流露著幸福的表情。

「而且居家照顧服務員的好處是不用在公開的環境下拋頭露臉，非常適合我們這種正在逃命的人，也沒有老闆和同事在旁邊盯，時間彈性，可以隨時上網。」語畢，我打開手機，身體力行。

我連到毓正的facebook，上面依舊是一堆每天新增的自拍照，加上一些自戀的文字，他的蟾蜍臉讓人看了就想吐。

最近我開始加強追蹤，也會順便連到毓正的好友名單，一一追蹤其他兄弟的動態，不過今天沒有特別的發現。

接著我接往Hunter的噗浪，他已經很久沒有更新了。

自從那天早上Hunter守在教會等我們上鉤卻徒勞無功後，他再也沒有在噗浪上留言了，不知道是因爲面子掛不住，還是因爲已經猜到噗浪的留言使他暴露行蹤。

我回到自己的facebook首頁，瀏覽其他朋友的消息；看到某張照片時，禁不住大叫：「哇！好漂亮！」

「什麼東西好漂亮？」林樂把臉靠過來。

「子霞的婚紗照，你看，是不是很漂亮？」我左手指著照片，右手情不自禁地按下「讚」。

「子霞？是妳以前提過的那位高中同學嗎？」林樂問。

「對，就是她。」我說，「高三那年，子霞為了幫我，被打到住院。」

「我記得，妳有提過。」林樂道。

「她是我這輩子最要好的朋友，誰也取代不了她在我心裡的地位。」我說。

「她什麼時候辦喜酒？」林樂問。

「明天晚上。」我答。

「妳會去參加她的婚禮嗎？」林樂問我。

同一時間，我看到子霞在facebook回覆我：「謝謝妳的『讚』，明天早點到喔！」

「唉。」我轉喜為憂。

「妳不去嗎？」林樂發現我的表情變化。

「我很猶疑。」我難過地說，「我們在逃命，我不應該去的。」

「的確會有風險。」林樂同意。

「但子霞是我這輩子最要好的朋友。我是孤兒，小時候的生日都沒有人陪我慶祝，當時的我不知道什麼是家庭溫暖，後來子霞把我帶回家，讓她的家人替我慶祝，讓我每年生日都有家的感覺。」我說，「子霞對我這麼好，我不去的話，真的太對不起她了。」

「那就去吧。」林樂鼓勵我，「我看得出來，妳很想去。」

「可是我很擔心，畢竟他們的婚禮在高雄宴客，那裡對我們來說是高危險區。」我道。

「還是去吧，人生不要留下遺憾。」林樂拍拍我的肩膀，「雖然現在離婚率很高，但搞不好子霞這輩子只結一次婚，妳錯過就不會有第二次了。」

「嗯。」我點點頭，雖然還是很猶疑，但要我不去見證好朋友的婚禮，彷彿在我身上割一塊肉。

「我陪妳一起去。」林樂握住我的手，使我心頭泛起泉湧般的暖意。

17 母狐狸再狡猾，終究還是會被逮

第二天，林樂和我坐自強號抵達高雄。

傍晚時分，我們躲在婚宴會館斜對面的麥當勞觀察形勢，評估要不要進去。

「對了，我突然想到一件事。」林樂說。

「什麼事？」我問。

「妳一副歐巴桑的樣子進去喝喜酒，子霞眞的不會介意嗎？」林樂指著我的裝扮說。

「子霞知道我在逃亡，她會體諒的。」我說。

「不見得喔。」林樂說，「將來如果我結婚了，我的好朋友打扮成中年禿頭男跑來喝我的喜酒，我一定會介意，覺得他不尊重我的人生大事。」

「可是如果我以陳婉珍的身份出現，可能會有危險。」我道。

「子霞不是已經跟築海幫完全切斷聯絡了嗎？」林樂問。

「雖然子霞沒有邀請他們出席婚宴，但我不敢說婚宴現場一定沒有築海幫的人。」我說，「子霞的老公是豪門的第二代，豪門和黑道在檯底下有瓜葛是稀鬆平常的事。」

「我覺得妳最好跟子霞確認一下，問她會不會介意，不然她可能會不爽很久。」林樂說。

「好啦，我打電話問她一下。」我掏出手機。

手機打了兩次才接通，我透過螢幕看到子霞坐在預備室的化妝檯前，漾著幸福的笑容。

「恭喜！妳今天好漂亮喔！」我替她感到高興。

「謝謝。」子霞甜甜一笑，發現我的奇怪裝束後，納悶地問，「婉珍，妳今天怎麼打扮成中年婦女的樣子？」

「我不想搶走妳的風采，所以故意化老妝。」我開玩笑地說。

「不用啦！妳以平常的樣子過來就可以了，我才不怕被妳搶走風采，我今天一定是最漂亮的。」子霞自信滿滿地說。

「我不能以平常的樣子過去。」我說。

「爲什麼？」子霞問。

「我說過我最近在逃亡，在北部以另一個身分生活，妳還記得吧？」我問。

「妳有說過，爲了躲那個金爺。」子霞道，「妳還說妳現在值五百萬。」

「對，我現在的身分是一個失婚的中年婦人，性格是得理不饒人，嗜好是潑婦罵街。」我道，「對了，妳有沒有發現婚禮現場有陌生人或者是可疑的人？」

「這裡有很多男方家族的親朋好友，我也是今天才第一次見到他們。」子霞道，「對我來說，今天到處都充滿了陌生人。」

「哦，那妳會不會介意我穿這樣進去？」我問。

「當然會啊！妳趕快拿掉假髮啦，然後卸一下老妝，以正常的樣子進來。」子霞說。

「我怕被埋伏。」我道。

「不會啦，黑道再怎麼囂張，應該不至於爲了五百萬，在別人的婚禮上直接抓人吧？」子霞天真地說。

「很難講。」我道，「金爺不是吃素的，他的手下也不是善男信女，他們爲了獎金，才不會給任何人面子。」

「好啦，那妳不要卸妝了，就這樣過來吧！」子霞說。

「謝謝妳的體諒。」我感激地說。

「快來吧，記得是三樓喔，等一下就要開席了。」子霞催促道。

掛掉電話後，我依然猶豫不決。

「別想了，走吧！」林樂牽著我的手，把我拉起來。

我們離開麥當勞，匆匆過馬路走到會館的大門前。

會館門外放了兩個喜氣洋溢的大牌子，還有氣派高雅的紅地毯，但由於周圍的路人不多，讓人感覺氣氛冷冷清清；可能是因爲婚禮在三樓舉辦的關係，所以會館門外只安排了兩位指路人員，隔著三十公尺的空氣跟我大眼瞪小眼，似乎不確定我們是來喝喜酒還是路過的。

我嘗試提起右腳繼續往前走，腦袋裡卻有一把理智的聲音命令我停下腳步。

「怎麼突然停住？」林樂問我。

「從剛才離開麥當勞開始，我的腦袋一直閃過金爺執行幫規的畫面。」我說。

「子霞沒有發喜帖給金爺，金爺不知道妳今天會來這裡，放心吧！」林樂試圖撫平我不安的情緒。

「就算沒發喜帖，金爺還是有可能知道子霞今天結婚，不是嗎？」我沒有被他撫平到。

「我們都已經來了，而且還是千山萬水的搭火車趕過來，怎麼可以臨時又不進去呢？」林樂說。

「爲什麼千山萬水的趕來，就一定要進去？」我不認同，「就像你在速食店花錢買了一份套餐，你明知套餐裡的薯條會對身體健康造成負擔，你會因爲反正都付錢了，就把薯條都啃光嗎？」

「會啊，錢都已經花了，不吃白不吃嘛！」林樂說。

「你也可以選擇不吃，因爲你明明知道它可能會危害你的健康。」我道。

「所以妳現在又不想進去了嗎？」林樂問我。

「我不知道。」我搖搖頭，左右爲難地說，「一邊是好朋友的歷史時刻，一邊卻是死亡的陰影。」

「我現在給妳二十秒。」林樂豎起兩根手指頭，認眞地對我說，「妳只有兩個選擇，一是進去，二是回家，而不是站在路上猶豫不決。」

「哦。」我點點頭。

「開始計時。」林樂舉起左手看錶。

我拿起手機，上網迅速瀏覽毓正的facebook，越看越覺得不對勁。

「回家！」我緊張地說。

「怎麼了？」林樂問。

「毓正已經好幾個小時沒有新增留言了，這不符合他的性格。」我說。

「他可能在睡覺吧？」林樂說。

「不可能。我觀察他這麼久，非常了解他最近的作息和習慣，這個時間他不可能在睡覺。」我斬釘截鐵地說，「金爺可能正在發起一個什麼大行動，每個兄弟都在戒備狀態，所以毓正目前沒辦法自拍和上網更新。」

「妳懷疑有兄弟躲在會館裡面嗎？」林樂問。

「我不確定有沒有。」我說，「但我確定這個地方非常不安全，你不覺得這裡的守衛一點都不森嚴嗎？」

「說得也是，怎麼連一個保全人員都沒有？」林樂說。

「看來不會有保全人員，就算眞的有，主要保護的對象也是新郎和新娘，不會是我。」我說，「像這樣不設防的環境，黑道可以輕易衝進去殺人，我隨時會躺著出來。」

「的確有點危險，但妳和子霞是好朋友，如果妳不進去，她會不會恨妳一輩子？」林樂問。

「如果她的婚禮發生血案，她將來在豪門的日子肯定不好過，才眞的會恨我一輩子。」我說。

「我才不管她以後的日子好不好過，我只在乎妳的命。」林樂牽著我的手，快步往火車站的方向走，「回家吧！」

＊＊＊＊＊＊

林樂和我黯然地離開高雄。坐自強號回台北時，我發簡訊跟子霞道歉，不過她沒有回我。

隔天在職訓中心上課，大部分時間我都處於魂不守舍的狀態，一直很內疚自己不能親眼見證子霞人生的重要時刻；我寧願她打電話來罵我，或許我的心情會好過一點。

傍晚下課後，我拖著疲累的身軀到全聯採購一個禮拜所需的食物；經過門口時，我看到有個怪叔叔坐在一台閒置的摩托車上，挑釁地看著每位經過的路人，眼神不太友善，長相不太討喜，不知道是在等人還是想砍人，使我情不自禁地加快腳步。

自從我被黑道人肉搜索後，我對所有路人都帶著或重或輕的懷疑，像流氓的懷疑重一點，像好人的懷疑輕一點；每一個好人在我眼裡都成了壞人，我拒絕任何人向我問路或微笑打招呼，因爲我不確定他們是不是笑裡藏刀，等我卸下心防時拿出木棍和繩子。

我有一種強烈的預感，即使人肉搜索事件有結束的一天，但這種充滿疑心的生活態度將會像魔鬼一樣伴隨著我，繼續影響我的人格和價值觀，直到死亡的那一刻。

我推著購物車游走賣場，挑揀了十幾包便宜的餅乾和口糧，突然聽到口袋響起簡訊的鈴聲。

我拿起手機一看，是子霞傳來的訊息：「妳昨天晚上爲什麼沒來？」

我停下腳步，撥號給她。

「子霞，對不起。」我向她道歉。

「道歉有什麼用？我一輩子才結婚一次耶！」子霞說。

「昨天晚上我已經走到會館門口了，但後來我擔心裡面有兄弟埋伏，所以才沒有進去。」我說。

「妳的疑心病也太重了吧？」子霞抱怨道。

「我就是疑心病太重，才能活到今天。」我說，「而且我不進去，是爲妳好。」

「爲我好？」子霞激動地問。

「我是妳請過去的客人，萬一我被抓走，或者是躺著出去，妳以後在張家的日子會很難過。」我道。

「這……也是啦。」子霞收起生氣的情緒，大概是認同了。

「而且如果我眞的出事了，明年的今天妳怎麼辦？該爲結婚週年感到高興，還是該爲我的死忌感到難過？」我問。

「當然會感到難過啊，我應該會哭死吧！」子霞憂心忡忡地問我，「唉，婉珍，妳現在還安全吧？有什麼我可以幫妳的？」

「我現在暫時安全。」我道。

「如果將來有什麼需要，記得馬上通知我，我想辦法幫妳。」子霞說。

「好。」我點點頭。

結帳後，我拎著三大袋食物，從側門繞路離開。

自從被黑道人肉搜索後，這段日子林樂和我已經習慣「不走正道」，人少又偏僻的小路對我們來說反而自在又安全；當我想起剛才那位坐在摩托車上的怪叔叔，更堅定了我這刻走側門離開的決心。

我快步走過四周無人的停車場，突然一陣怪風吹過，有人衝到我背後，以俐落的動作把我的雙手銬住，前後不到兩秒。

「誰？」我吃驚地問。

「Hunter。」回答雖然只有一個字，卻彷如觸動一個死亡按鈕，把我的心臟整個炸開。

我感到自己的人生已經開始倒數，而且是以分鐘來算。

「你……放開我！」我用力掙開手銬，卻徒勞無功。

「別白費力氣了，陳婉珍。」背後的男人把手伸進我的口袋，取走我的手機和錢包，嘲諷地笑道，「母狐狸再怎麼狡猾，終究逃不出我的手掌心。」

「你為什麼會知道我在這裡？」我不甘願地問。

Hunter走到我面前，拿出襪子塞住我的嘴巴。

「從妳在子霞的婚紗照上按『讚』的那一刻起，妳就註定要被我逮到。」

Hunter嘴角上揚，十分得意。

18 按個讚也會身陷險境

「你是在facebook發現我的？」我用舌頭把他的臭襪子推出嘴巴，納悶地問。

「對。」Hunter執著我的衣領，像拖垃圾袋般把我拖到一台黑色跑車旁邊。

爲了脫困，我拚命甩手，晃腳，轉身。

「不要掙扎了，妳逃不掉的！」Hunter左手開鎖，右手執著我的衣領，怕我逃跑。

「放開我！」慌亂中，我用頭頂Hunter的腰。

「別亂動啦！」Hunter用手掌狠狠拍我的頭顱。

「Hunter，你爲什麼知道我在全聯的停車場？」我大叫。

「問這麼多幹什麼？」Hunter不耐煩地打開車門，粗魯地把我塞進跑車後座。

「很痛耶，別對女生這麼粗魯！」我的手腳一陣痠，一陣麻。

「在我眼裡，妳只是獵物，不是女生。」Hunter坐上駕駛座，然後用力把門關上，「陳婉珍，原本我以爲妳很聰明，不過自從妳在朋友的婚紗照上按讚之後，我徹底改觀了，妳也不過如此而已。」

「你爲什麼會知道我在facebook按讚？」我問。

「毓正發現的。」Hunter蔑笑道，「妳在毓正的好友名單裡，妳在facebook有什麼風吹草動，他都會知道。」

可惡！

沒想到按個讚也會身陷險境。

毓正的留言設定爲好友才能觀看，爲了追蹤他的最新消息，我必須把他保留在好友名單裡，不能刪除，這次卻因此害我洩了底。

Hunter從褲袋裡掏出一條手帕，轉身面向我。

「你想幹嘛？」我驚惶地看著他手中那條蠢蠢欲動的手帕。

「我要開車了，妳很吵，我必須讓妳睡著。」Hunter說。

「手帕上有迷藥？」我問。

「妳眞聰明。」Hunter邊笑邊把手帕推到我的鼻子前。

「等一下！」迷幻手帕還沒接觸我的鼻子，我已感到一陣昏厥，「Hunter，給我兩分鐘！」

「我爲什麼要給妳兩分鐘？」Hunter不以爲然。

「你想知道那天林樂和我爲什麼沒有去教會吧？我可以告訴你。」我說。

「好，妳說。」Hunter拿開手帕。

「因爲我有你的噗浪。」我道。

「妳怎麼會有我的噗浪?」Hunter揚起眉毛,半秒後瞳仁出現變化,恍然大悟的眼神透露著他已經猜到原因,「在毓正的facebook發現的嗎?」

「對,他的好友名單上面有你。我在入口網站搜尋你的facebook帳號,無意中找到你的噗浪。」我說。

「其實那天我已經懷疑是噗浪洩了我的底,沒想到眞的是!」Hunter語畢,再次把手帕推到我的鼻子前。

「等一下!」我大叫。

「又怎麼了?」Hunter不滿地問,「我不是已經讓妳說了嗎?」

「說好的兩分鐘還沒到,而且我還有問題要請教您。」我道。

「被抓到的兔子,從來就只有等死的份,不會向獵人請教問題。」Hunter道。

「我只是想死得瞑目,求求您讓我問,求求您。」我哀求道。

「好,妳問,快點。」Hunter再次拿開手帕。

「爲什麼你光憑我在婚紗照上按了一個讚,就知道我人在全聯的停車場?」我不解地問。

「那天毓正發現妳在婚紗照上按讚之後,他爲了獨吞獎金,所以偷偷調查子霞在哪裡辦婚禮。」Hunter得意地笑了笑，「他查到以後，打電話給我請教抓人的技巧，沒想到反而被我套話，被我套出大部分資料。」

「請不要爲這種事感到驕傲，因爲徐毓正本身是個智障，套到他的話也沒什麼好自豪的。」我說。

「說的也是。」Hunter道，「我得謝謝妳昨天晚上沒有進去會館。」

「怎麼說？」我問。

「其實昨天晚上毓正一直躲在會館裡的樓梯間，準備要抓妳回去。」Hunter說，「裡面被他捷足先登了，所以我只好守在外面等機會。」

「你是在會館門外發現我的？」我問。

「當時只是懷疑。」Hunter說，「昨天傍晚我看到有個中年婦人跟一個呆子站在會館門口徘徊，講話很小聲，似乎有訓練過。」

這可是我們的生存技巧之一，出門在外，講話一律低分貝。

「我當時聽不到你們在說什麼，也不確定是不是妳。」Hunter道，「只能說妳太會喬裝了，肚子部位，屁股部位，全都看起來漲漲的，怎麼看都像個發福的中年婦女。」

「那你後來爲什麼知道是我？」我問。

「因爲妳身邊那個呆子長得有點像韓國人，眼睛細細長長的，引起了我跟蹤的慾望。」Hunter說，「所以後來我一直偷偷跟蹤你們，跟著你們坐火車，來到台北。」

「我們竟然沒有發現你，你的跟蹤術也很厲害。」我說。

「如果我會被獵物發現，我就不配當獎金獵人，改行算了。」Hunter道。

「所以我昨天晚上和今天做了些什麼，你都知道了？」我問。

「對，妳今天在職業訓練中心上了八小時的課，接著在全聯買了一大堆食物，通常落跑的人才會這樣買。」Hunter說。

「你光憑這點認定我是你的獵物？」我好奇地問。

「不，妳那幾袋食物不是最關鍵。」Hunter說。

「那最關鍵是什麼？」我問。

「最關鍵是剛才我偷聽到妳跟子霞講電話，確定妳就是我的獵物陳婉珍。」Hunter說，「妳跟朋友聊天的時候，忘了壓低音量，看來那個子霞眞的是妳的死穴。」

「你可不可以反過來幫我對付金爺？」我試探地問。

「怎麼對付？」Hunter問。

「幫我向警察舉報金爺，事成之後我給你雙倍獎金，一千萬。」我提出交易條件。

「我不要。」Hunter斬釘截鐵地拒絕，猶如宣判我必須接受築海幫的死刑。

「不考慮一下嗎？獎金一千萬耶！」我說。

「我是很喜歡賺獎金，但有生命危險的事，我絕對不幹！」Hunter非常愛惜生命。

「那……這樣吧，如果你願意放了我，我給你八百萬獎金。」我收買他。

「就憑妳？」Hunter冷笑道，「一個逃命逃到快要沒錢，還要跑到職業訓練中心上課的窮鬼，憑什麼給我八百萬？」

「我可以去賺，半年之內生八百萬給你。」我說。

「我只要把妳送回去，金爺馬上給我五百萬，誰要等妳慢慢賺？」Hunter說。

「真的不能放過我嗎？」我爲自己的生命掙扎求存，「以我的頭腦，如果當你的助手，我們就是全台灣最強的組合，沒有我們賺不了的獎金。」

「對不起，我喜歡獨吞獎金，不喜歡跟別人分錢。」Hunter拒絕了我的提議，「陳婉珍，其實妳該滿足了。」

「我該滿足了？什麼意思？」我不明白。

「妳該滿足了，至少剛才抓妳的時候，我沒有用子彈射妳的小腿，有幫妳留一副全屍。」Hunter說。

我回想起過去每一次Hunter把背叛者交給金爺的時候，那些獵物的確都被射傷了小腿，在行動不便的情況下被逮。

但就算我的小腿沒受傷，最後還不是要被金爺處死，有差嗎？

就在我已經無計可施，萬念俱灰之際，一把男聲劃破了停車場的寧靜：「茶碗蒸，妳在哪？」

是林樂！

Hunter和我同時瞄向車外，只見一個怒漢拿著斧頭四處張望，他衣衫不整，沒有任何喬裝，顯然是因為急著出門。

「他怎麼會知道妳在這裡？」Hunter疑惑地看著我。

「一個人不一定只有一支手機啊！」這回換我露出勝利的笑容了。

「妳……什麼意思？」Hunter沒有意會過來，這個答案的確有點抽象，對他來說更是答非所問。

「我在這裡！」我向車外大喊。

林樂衝了過來，Hunter趕忙拉起車窗，但來不及，斧頭硬生生砍破車窗玻璃和鐵框。

「神經病喔！」Hunter差點被砍到，一邊縮手一邊破口大罵。

「放人！」林樂發瘋似地猛砍亂砍，車門被砍得凹凸不平。

「停手！我的跑車很貴耶！」Hunter生氣地大叫。

「放人！放！」林樂把斧頭伸進車內，用斧鋒抵住Hunter的脖子。

「先生，別衝動，有話慢慢說。」Hunter吞了吞口水，保持鎮定地說。

「我不要聽廢話！你到底放不放人？」林樂威逼道，「再不放，我就要砍下去囉！」

「我放，我放。」Hunter顫抖地按下一個鈕，我旁邊的車門自動打開了。

我馬上奪門而出，拚命往前跑，無奈雙手被扣住實在不方便。

「這裡交給我，妳趕快跑！」林樂對我說。

「被扣住，跑不快。」我說。

林樂轉頭瞄了一眼我身後的手銬，車內的Hunter突然衝出，一腳踢開了斧頭，再一拳往林樂臉上送，林樂被擊倒在地上。

Hunter從胸膛的口袋裡拿出手槍，目露凶光地朝我走過來，我咬著牙齒往前奔，心裡非常清楚這個跑速一定會被他逮到。

19 最怕你忽然說要放棄

「啊！」背後傳來一陣慘叫聲。

我嚇得冷汗直流，緊張地往後一瞄，看到林樂已經拾起斧頭，用斧柄猛敲Hunter的頭顱。

「把槍放下！」林樂命令Hunter。

「放你媽！」Hunter不從，以手肘猛撞林樂的胸膛。

我猶疑著要不要回頭幫忙，林樂發現我躊躇不前，喊道：「茶碗蒸，跑！快跑！」

受到提醒，我的雙腿正準備往前奔，腦裡卻有一把聲音阻止我。

不！

不能就這樣跑掉！

我的命固然重要，林樂的命對我來說也很寶貴！如果他有什麼三長兩短，我不知道活著還有什麼意義？

何況林樂不一定能扳倒Hunter；我雙手雖然廢了，至少還有頭和腳可以幫忙，二打一勝算高。

Hunter發狂似地用手肘往林樂的胸膛連撞十幾下，林樂終於抵不住痛楚被擊倒在地上；我轉身衝向Hunter，用頭撞向他拿槍的右手，林樂迅速站起，咬牙忍痛以斧柄攻擊Hunter的右手。

Hunter受不了左右夾攻的壓力，手上的槍不小心掉到地上。林樂和我鬆了一口氣，互相使了個眼色，合力攻擊Hunter。

林樂用斧柄攻擊，我用牙齒撕咬；不消一分鐘的光景，林樂總算把Hunter敲昏了。

餘悸猶存的林樂和我嚇得趕緊跑到三十公尺外，靠在牆上喘氣。看著遠處暈倒的Hunter，我們沒有半點喜悅或鬆懈，眼神依舊充滿著戒備，畏懼之情全寫滿林樂的臉上。

「幸虧妳聰明，多帶一支手機在身上。」林樂說。

我每次出門都會穿上膝蓋部位有口袋的長褲，把另一部手機放在那個口袋；遇到危險時，只要我雙膝一夾，手機馬上就會撥號給林樂。

「幸虧剛才Hunter沒有用膠帶封住我的嘴巴，不然就算撥號給你，也沒辦法向你暗示我在哪裡。」我一邊慶幸，一邊甩動身後的手銬。

「甩不掉的，除非妳有鑰匙，不然只能用工具劈開。」林樂指了指手中的斧頭，「妳轉過去，我幫妳。」

我轉身背對林樂，他執起斧頭用力一劈，瞬即把手銬中間的鐵鍊一分為二——我的雙手自由了！

「此地不宜久留，走！」我說。

「嗯。」林樂點點頭。

我不經意地轉頭瞄了林樂一眼，卻瞧見暈倒的Hunter突然睜開雙眼。

「天啊！他醒了！」我大叫。

林樂嚇得倒退兩步，馬上衝到我前面，擋在Hunter和我之間。

Hunter捣住後腦杓站起，不爽地說：「他媽的！從來沒有獵物敢這樣對我！老子要你們一邊流血一邊跟我回台南！」

「你最好不要亂動。」林樂揮舞著手中的斧頭，恐嚇道，「你要是敢動我的女朋友，我一定跟你拚了！但這次我不會再用斧柄，我會用斧鋒！」

「就憑你？」Hunter冷笑了一聲，從腰際的口袋裡拿出另一把手槍。

形勢突然急轉直下，豬羊變色。

作為獵物的我，身上帶著兩支手機；而作為獵人的Hunter，身上竟然帶著兩把手槍！

林樂發現情況不對，第一時間衝上去攻擊Hunter，無奈他的跑速比不上子彈的速度，Hunter往林樂的右手開了一槍，林樂的手掌瞬即爆開，斧頭掉到地上。

「哇啊！」林樂用左手握住右手腕，表情痛苦，慘叫聲比子彈出膛還要響亮。

我們的武器沒了，頓時陷入劣勢中的劣勢，而Hunter用的手槍有滅聲裝置，所以不管他接下來怎樣射，射多少發，都不會有人知道我們在這個偏僻的地方遭受酷刑。

現在唯一能救我們的，是附近的民眾！我收起緊張的情緒，從口袋裡拿出防狼警報器。

「妳幹什麼？放下！」Hunter指著我手中的防狼警報器，命令我。

拿破崙說過：「不要做敵人希望你做的事！」；更何況，如果放下和拿著都註定要流血，那我幹嘛客氣？

「把它丟在地上！不然我開槍了！」Hunter再次命令我。

我一邊按下防狼警報器，一邊高分貝大喊：「著火了！這裡著火了！來人哪！」

「嗶嗶嗶——嗶——嗶嗶嗶嗶——嗶嗶——嗶嗶嗶嗶——嗶嗶——」不規律的

嗶嗶聲劃破了四周的寧靜，吵得讓人煩厭，對我來說卻是救命的天籟。

「幹！死婊子！我要妳流著血回台南！」Hunter火大了，手上的槍瞄準我的小腿。要讓獵物痛苦但死不掉，最好的方法就是射小腿。

「不要！」林樂忍著手掌的劇痛，衝向Hunter。

「砰！」

子彈往我的下半身飛來，林樂來不及制止，情急下伸出左腳阻擋，子彈瞬即穿過他的腳踝，彈飛到一輛白色轎車的玻璃上。

「啊！」林樂跪倒在地上，血流不止。

「哪裡著火了？」兩個員工匆匆從側門走出來。

「啊！」女員工看到中彈的林樂，滿地是血，失控大叫。

「你別亂來！」男員工保持鎮定，指著拿槍的Hunter。

「哼。」Hunter冷笑一聲，絲毫不把那位男員工放在眼裡，「我就算亂來，你能拿我怎樣？」

我機警地衝往側門，躲到兩個員工旁邊的摩托車後面。

「妳躲不掉的。」Hunter再次舉起手槍瞄準，企圖從摩托車的隙縫中射擊我的身體，此時又有三個員工和兩個民衆從側門走出來。

「你幹嘛？」其中一個身型較壯的員工質問Hunter。

「把槍放下！」另一位員工大喊。

聚集在側門的人越來越多，形勢已經非常明顯，Hunter要面對的敵人不只是我，就算他把我射傷，也不一定能把我拖上車。

Hunter氣憤地瞪我一眼，立刻跳上跑車。

「喂！別跑！」身型較壯的員工大喊。

Hunter沒有理會旁人的呼喊，開車撞破停車場的欄杆，迅速駛離我們的視線範圍。

女員工拿出手機叫救護車，男員工蹲下來幫林樂包紮血流不止的傷口。

我走到林樂面前，跪下問他：「你怎麼樣？」

「我好熱……好燙……」林樂虛弱地說。

「救護車很快就到了。」我說。

「茶碗蒸……」林樂瞇著眼睛看著我。

「嗯？」我問。

「我愛妳。」林樂說。

「我也是。」我拿出衛生紙，幫他擦掉額頭上的汗。

「將來如果妳遇到另一個更好的男人，請妳記得今天，我爲了妳，連命都沒了。」林樂哽咽地說。

「我會一輩子記得今天。」我摸撫著林樂的頭髮，向他保證。

「那就好。」林樂安詳一笑，雙眼緩緩闔上。

我以前曾經看過一些生離死別的文章，有些人在等待救護車送到醫院的時候，因爲意志不足而睡著，最後撒手人寰。

我執起拳頭，不願意讓這種悲劇發生在我最愛的男人身上。

「振作一點，不要睡。」我搖搖林樂的身體。

「嗯？」林樂昏昏沉沉。

「拜託你，不要睡。」我求他，「我怕你會失去意識。」

「我很睏，中了兩槍，應該活不了了……」林樂說。

「請多想一些幸福的事情，保持清醒，讓自己活下去。」我說。

「幸福的事情……茶碗蒸，妳唱〈勇氣〉給我聽好不好？」林樂眼睛微張，問我。

「好。」我哭著擠出一絲笑容。

這是林樂和我的主題曲！

「我願意天涯海角都隨你去，我知道一切不容易，我的心一直溫習說服自己，最怕你忽然說要放棄……」

林樂甜甜一笑，眼皮再次闔上。

「不要睡，求求你！」我慌張地用力搖晃林樂的身體。

「我眞的……不行了……」林樂說。

「救護車快到了！不要睡，求求你。」我擦掉臉上不斷湧出的淚水，歇斯底里地大喊。

「我沒事……妳繼續唱……」林樂嘴裡說沒事，眼皮卻沒有張開。

「愛眞的需要勇氣來面對流言蜚語，只要你一個眼神肯定，我的愛就有意義……」

我把林樂的眼皮撐開。

「不准貪睡，接下來換你來唱。」我說。

「我……我很睏……我不行了……」林樂說。

「我不管，唱！」我哭著命令他，「我們以後還要一起過很多快樂的日子，那些日子我都要看到你，我不准你在這個時候離開我！」

「生死有命……」林樂說。

「有命個屁！唱！」我又急又氣。

「我……我們都……需要勇氣……去相信……流言蜚語……」

「什麼東西啊？」我破涕爲笑，「是『相信會在一起』，不是『相信流言蜚語』！」

「呵呵……頭腦不清楚……」林樂也笑了。

「相信流言蜚語根本不需要勇氣，只要有一個殘缺的腦袋就可以相信了。」我既好氣又好笑。

「哈哈……」林樂笑開了，眼睛也張更開了，「妳笑起來……很漂亮……眞希望以後……還有機會看到……」

「什麼傻話？你一定可以活著離開手術室，將來你愛怎樣看都行。」我鼓勵他。

「茶碗蒸……」林樂握住我的手，「請……妳答應……我一件事……」

「什麼事？」我問。

「我動手術的時候……妳不要在外面等……請妳趁亂離開……」林樂說。

「我辦不到。」我拒絕。

「一定要……」林樂堅持。

「你知道我做不到的，我會擔心你。」我說。

「妳在外面等……很容易被Hunter抓到……拜託妳……爲了以後那些快樂的日子……請妳趁亂離開……」林樂用哀求的眼神看著我。

「好，我答應你；但你也要答應我，動手術的時候要堅持到最後，不可以放棄自己。」我說。

「我不會放棄……我還要跟妳一起生活七十年……」林樂說。

我回敬林樂一個溫暖的笑容，內心很清楚接下來的日子會有多難熬——我必須帶著對愛人的思念，在無休止的亡命歲月裡孤軍作戰。

20 豪門俗客

救護車把林樂送到竹圍的馬偕醫院急救。

我幫忙辦理好登記手續後，隨即遵守對林樂的承諾，趁亂從偏僻的門口離開醫院。

我惶惶地走在路上，心裡明白不能再回去套房，因爲Hunter知道我住在那裡，搞不好已經埋伏在附近，恭候我這隻獵物回巢。

現在的我已經沒有退路，也沒有錢租新的房子了。

幸虧我還有一個好朋友子霞，她是我最後的救生圈。

*　*　*　*　*

我坐自強號抵達高雄火車站，子霞很好客，請司機開著積架前來接我。

司機把子霞和我載回豪宅的路上，餘悸猶存的我把今天差點被Hunter抓走的經過一五一十告訴她。

「眞危險。」子霞聽完我的敘述後，也替我捏一把冷汗。

「幸虧我在膝蓋放了另一支手機。」我道。

「那也得林樂動作夠快，及時跑來救妳。如果他動作太慢，妳還是會被抓到台南。」子霞說。

「如果我被抓走，妳以後應該再也看不到我了。」我道。

「婉珍，妳把林樂留在台北，他會不會有危險？」子霞問。

「不會，他現在反而是最安全的。」我道。

「怎麼說？」子霞納悶地問。

「Hunter為了狩獵我，不會對林樂不利。」我道，「對他而言，我是一頭獵物，而林樂是餌。萬一林樂有個什麼三長兩短，Hunter就少了一個抓我的機會，以後更難抓到我。」

「我看妳提到林樂時表情都甜甜的，眼神很曖昧，妳是不是對他動了眞情？」子霞問。

「我是很喜歡他。」我承認，接著難過地說，「唉，沒有林樂在身邊，以後我一個人孤軍作戰，不知道還能撐多久？」

「妳不是只有一個人。」子霞給我一個溫暖的目光，「妳起碼還有我。」

「也對，我還有妳這個好姊妹。」我釋懷一笑，跟子霞輕輕擁抱。

我發現我犯了某些女人的通病，一旦心裡有了喜歡的男人，常常會忽略掉自己的好姊妹。

司機開著積架，駛過熱鬧的市區和愛河，駛到豪宅的停車場。之後，子霞和我走進隱密通道和電梯，經過四道嚴密的保全系統，包括指紋鑑定、輸入密碼、五官偵測和打晶片卡等多道繁瑣過程後，才來到她的住所門前。

「子霞，妳這裡眞是安全得可怕。」我說。

我實在很佩服那些有錢人，他們爲了怕死，出入設下重重關卡，難道不知道「時間就是金錢」嗎？

「妳可以安心住在這裡，黑道進不來的。」子霞掏出水晶鑰匙，信心十足地笑著。

「我也是這麼覺得，這裡大概只有黑蒼蠅和黑老鼠可以進來。」我說。

「只要妳一輩子不出門，那些黑道一輩子也抓不到妳。」子霞把水晶鑰匙放進匙孔，扭開門鎖。

「沒那麼簡單。」我太瞭解Hunter了，對於躲在洞穴裡的獵物，他不可能光用等的，還會用煙把獵物燻出去。

「沒那麼簡單？妳永遠不出去，那些黑道能奈妳什麼何？」子霞問。

「像Hunter那樣的高手，一定會想到辦法把我逼出去。」我沒辦法完全放下心頭大石。

事情真的沒那麼簡單，Hunter可不是省油的燈。再說，世界上有哪對夫妻願意讓一個外人待在家裡當一輩子的米蟲？

走進子霞的豪宅，映入眼簾的是一個比人還高的鞋櫃，每一層都擺放著高雅奪目的名靴，奢華的氣派使人目眩神迷。我脫下寒酸的平底鞋放在櫃子的一角，與整體氛圍顯得格格不入。

如果這些鞋子有生命，能夠組成一個社會，我會勸我的平底鞋趕快辦移民，因爲它待在這裡只會被歧視一輩子。

「哈利。」子霞呼喚其中一個站在客廳的傭人。

「是。」那個身材壯碩但有點年紀的傭人走了過來，「請問夫人有什麼吩咐？」

「拿工具箱過來，幫我朋友撬開手銬。」子霞語畢，指了指殘留在我手腕上的兩個鐵圈。

「是。」哈利弓身。

哈利走遠後，我在子霞耳邊悄悄地說：「妳的傭人很壯。」

「他叫哈利，以前是健身教練。」子霞道。

「屁股也很翹。」我補充道。

「原來妳喜歡這一款的？」子霞偷笑。

「哼，才不是咧，我只喜歡林樂，對其他男人沒興趣了。」我道。

子霞把我帶到一間大客房，哈利走進來幫我剪開手腕殘留的鐵圈。

「婉珍，妳就住這個房間吧，這位猛男以後就是妳的專屬傭人兼保鑣了。」子霞指了指哈利。

「陳小姐，以後妳有什麼需要，儘管吩咐我就可以了。」哈利語畢，雙手用力一夾，砰地一聲，我右手腕的鐵圈瞬間被剪開。

「哇！你的力氣眞大。」我讚嘆不已。

「如果妳有事非要出門的話，可以叫哈利陪妳，他力氣大，可以保護妳。」子霞說。

「不了，我盡可能不出門。」我說。

「每天待在房間，我怕妳會悶死。」子霞說，「對了，妳可以去我們的貴賓廳，裡面有健身設備、游泳池、餐廳、溫泉和桑拿中心。」

「貴賓廳在豪宅的範圍裡嗎？」我問。

「對，就在二樓而已，而且需要住戶打卡才能進去，還有護衛看守，黑道抓不了妳的。」子霞說，「我待會帶妳下去享受一下。」

＊　＊　＊　＊　＊

十五分鐘後，我穿上子霞提供的名牌運動服，跟著她來到二樓的貴賓廳。子霞帶我匆匆參觀了游泳池和桑拿中心，穿過一條香氣四溢的走廊後，我們抵達燈光明亮的健身房。子霞踏上其中一部跑步機，打開機器前面的電視機，一邊跑步一邊看電視節目。

「妳眞會享受，一邊運動一邊看電視。」我說。

「拜託，我是貴婦耶，又不是職業運動員，難道要一邊運動一邊被日曬雨淋嗎？」子霞說。

「說的也是。」我踏上子霞旁邊的跑步機，打開機器前面的電視機，也來享受貴婦般的健身時間。

「待會要不要吃英式貴族茶點？」子霞一邊跑步一邊問我。

「小姐，運動是爲了消耗熱量好嗎？運動後還吃一堆熱量進身體，那幹嘛運動？」我一邊跑步一邊沒好氣回她。

「享受人生嘛，反正餐廳就是有一堆高級的食物等著我們。」子霞說。

「妳也可以選擇不吃啊，高級食物的熱量和膽固醇都很高，對身體不好。」我道，「沒必要爲了不浪費，把身體弄壞。」

「妳的想法倒挺像有錢人。」子霞道。

「怎麼說？」我問。

「有錢人才有選擇不吃的權利。如果是窮人的話，爲了省錢不浪費，管它什麼膽固醇什麼熱量，通通往肚子裡塞。」子霞說。

「我也希望自己是有錢人，可以用錢砸金爺，請他放我一條生路。」我說。

「不然我問一下老公好了，他或許可以幫妳。」子霞說。

「妳老公可以怎麼幫我？」我問。

「世界上沒有錢解決不了的事，我們來付個一千萬，請金爺放妳一馬。」子霞說。

「不要。」我搖搖手，「無功不受祿，這樣太麻煩你們了。」

「不麻煩，妳是我這輩子最好的姊妹，我很樂意勸我老公幫妳這個忙。」子霞說。

「可是一千萬太多了，我還不起。」我道。

「沒關係，一年還一些，能還多少算多少囉！」子霞說。

＊　＊　＊　＊　＊

我在豪宅順利躲了一個禮拜，暫時風平浪靜。

子霞的老公張先生人很好，他爲了幫我擺脫逃亡生涯，這幾天陸續透過一些人士與築海幫交涉；無奈築海幫的老大嚴總拒絕替我擺平，因爲他無法原諒我向警方供出槍枝庫的地點，對他來說這是出賣幫會的行爲，罪不可恕，加上他家財萬貫，根本不在乎一兩千萬。

至於金爺，餘怒未消的他也拒收這一千萬和解費——他只要人，不要錢。

這幾天唯一讓我感到欣慰的，是子霞兩夫妻對我的厚愛，以及林樂脫離了危險期，目前平安無事的在醫院裡休養。

每次電話聯絡時，林樂都一再叮嚀我不要去醫院探望，因爲他發現有一位護士「非常」關心他的親友狀況，常打聽女朋友什麼時候來看病，他懷疑那位護士已經被Hunter或築海幫收買。

一天下午，我坐在客廳的按摩沙發上陪子霞看購物頻道；她打電話訂了一條幾萬塊的眞鑽項鍊後，情緒有點空虛，拿起遙控器轉台，轉了一台又一台，終於在某個新聞頻道停下了拇指。

吸引她停下來的是一則燒貓的新聞，地點發生在高雄。

主播用煽動觀衆情緒的口吻，抑揚頓挫地報導：「昨天網路上出現了一段燒貓的影片，影片裡的女生在愛河附近用汽油潑灑流浪貓，放火燒牠們，還哈哈大笑，其中有兩隻小貓不幸喪生。網友們群情激憤，發起人肉搜索，不過因爲影片裡的女生長相拍得不太清楚，也增加了人肉搜索的難度。」

「死變態！」子霞指著電視螢幕，破口大罵。

「怎麼會有這種人？貓很可愛耶，疼牠們都來不及了，還燒。」我附和道。

「對嘛！」子霞說。

子霞和我姊妹情深，竟然同一時間拿出手機，上網搜尋燒貓的影片。

我們在Youtube找到那段影片，看到一個女生用夾子固定住可憐的流浪貓，往牠身上潑汽油，一邊哈哈笑一邊用火燒牠。子霞聽到流浪貓的哀嚎，越聽越氣憤，跟著大批網友在影片下面留言譴責。

網友們的留言以一秒一篇的速度迅速新增，充滿怒火的評論像瀑布一樣不斷往下流動。當我還在猶豫要不要成爲瀑布的一部分之際，突然出現一篇留言吸引住我的注意力。

「你們這些網友是不是吃飽撐著沒事幹？我愛殺貓又怎樣，礙到你們了嗎？難道你們不覺得那些流浪貓很惹人討厭嗎？活在地球上浪費糧食，又在街上到處拉屎，怎麼不去死一死！」

「那個燒貓的賤人留言了！」子霞大叫。

「我看到了。」我凝重地呼出一口氣。

「那個賤人跟妳同名同姓耶，也叫陳婉珍！」子霞指著留言者的帳號，那是「陳婉珍」的英文音譯。

「不是同名同姓，那個是我的帳號。」我遺憾地向她宣布這個壞消息。

21 人肉搜索不過是另一種言語暴力

「怎麼回事？」子霞不解地看著我。

「有人要陷害我。」我道。

「對方爲什麼會有妳的帳號？」子霞問。

我想起我的電腦還在淡水，來不及帶來高雄，莫非……

「是Hunter！這篇留言是Hunter貼的！」我斬釘截鐵地說。

「Hunter？」子霞問。

「他偷走了林樂和我的電腦，從裡面找到我們的帳號和密碼。」我說。

網路上那位「陳婉珍」發表如此挑釁的留言，瞬即惹來網友們的瘋狂撻伐。

「跩屁喔！大爛貨！」

「請尊重一下生命好嗎？賤女人！」

「妳活在地球上才是浪費糧食！」

「陳婉珍？這個名字好眼熟，該不會是上次霸凌事件的其中一個霸凌者吧？」

「她就是上次的霸凌者！剛我看了她的使用者簡介，有連結可以連上她的facebook！」

「難怪。」

「不會錯了，就是她！她是累犯，不是第一次了！」

「上次霸凌人被抓包了，這次改霸凌流浪貓是嗎？」

「陳婉珍，妳就只會欺負弱小嗎？」

「流浪貓已經夠可憐了，妳爲什麼還要殺牠們？」

「妳到底是不是人啊？」

「人格有問題！」

「妳這次麻煩大了。」子霞指著那些有如雨後春筍般不斷湧出的留言，憂慮地對我說。

「Hunter爲了把我逼出來，眞是不擇手段。」我很清楚這只是Hunter的第一步，後面還會有更多可怕的招數，直到我招架不住爲止。

我試圖登入，卻發現密碼被改了。

「妳要不要上網澄清一下？」子霞問我。

「好，但我覺得效果有限。」我說。

「總比什麼都不做來得好。」子霞說。
「也對。」我點點頭。
子霞用手機幫我拍影片。錄影時，我一再強調那些文字並不是本人所發表，因為帳號被盜了，密碼也被改了。
接著，子霞用她的帳號上傳我的澄清影片，並把連結貼到燒貓的影片下面。
結果，這段影片不但沒有平反我的清白，反而惹來更多的奚落與謾罵。
「裝什麼無辜啊！變態女！」
「妳的聲音跟虐貓人的笑聲一樣，還想狡辯？」
「那個明明就是妳的帳號，為什麼要假裝被盜？」
「很後悔剛才向網友嗆聲是嗎？」
「有人看到事情鬧大了，怕將來在路上被打，所以趕緊拍段影片說自己帳號被盜。」
「騙誰啊！」
「賤貨！」
「有種燒貓，沒種承擔後果。」
「哪天我殺人了，我是不是也可以說我被殺人魔盜號了，請大家原諒我？」
「妳後面的布置很豪華嘛，不像一般的民居，該不會是住在豪宅裡面吧？」

「變態女住在愛河附近的豪宅嗎？」

「這種人竟然可以住豪宅，上天真不公平！」

「難道被有錢人包養了？」

「大家來人肉搜索一下吧，看她躲在哪個豪宅裡。」

「情況更糟糕了。」子霞看著螢幕上一篇接著一篇蹦出的留言，無可奈何地說。

「誰叫我的聲音跟那個虐貓女生的笑聲那麼像，而且上次的霸凌事件我又剛好屬於邪惡的一方。」我聳聳肩。

「那個Hunter眞會嫁禍，該不會那段虐貓影片也是他拍的吧？」子霞說。

「我不知道虐貓影片是不是他拍的，但他嫁禍這一招很絕，現在多了一批網友在搜索我。」我道。

「妳現在可是被黑道和網友雙重人肉搜索。」子霞說。

「Hunter只要不放棄我，總有一天我會被他逼出去。」我已經看到可見的未來。

「報警吧。」子霞說，「讓警察把Hunter抓起來。」

「Hunter很厲害，我不認爲警察能把他抓起來。」我坦白說。

「總比什麼都不做來得好。」子霞說，「請警方查一下嫁禍者的IP，然後把他抓起來，妳就少一個敵人。」

「好，我們去報警。」我知道自己必須反擊，雖然形勢不太樂觀。

爲了安全起見，子霞帶了五個保鑣，開兩部轎車陪我去報警。

我們在警察局待了將近三個小時，子霞以屋主身分證明我過去一個禮拜都待在豪宅裡，偶爾會去二樓的貴賓廳健身，但沒有離開過豪宅，所以根本不可能到愛河虐待流浪貓，燒貓影片裡的女生另有其人。

警方替我們做完筆錄後，承諾會幫忙查IP，盡快把嫁禍者揪出來。

離開警察局後，子霞和我坐同一輛積架回家，我放軟雙手躺在舒適的座椅上，內心始終沒有釋懷。

「警方已經答應要抓人了，將來我和老公一定會把那個嫁禍者告到坐牢爲止，妳就不要愁眉苦臉了。」子霞拍拍我的肩膀。

「他們的對手可是Hunter，那個傢伙狡猾得要死，我不認爲他會被抓到。」我不大看好。

「Hunter畢竟只是人，不是神，妳就不要太悲觀了。」子霞說。

「妳知道當初林樂和我逃亡的時候，爲什麼沒有找警察保護嗎？」我問子霞。

「爲什麼？」子霞問。

「因爲我們不願意把自己的命運，交給我們不認識或不信任的人。」我說。

「我倒覺得妳可以試著轉念，跟警方多多合作，畢竟多一份支援，就是多一個擺脫金爺的機會。」子霞說。

「再說吧。」我聳聳肩。

靠山山倒，靠人人倒，求人不如求己。

積架駛過豪宅的西側，我們看到窗外有一群人聚集，他們揮動著旗幟，在圍牆上掛了一條醒目的紅布條，上面寫著：「燒貓女出來面對！」

「外面那群人是怎樣？」子霞皺起眉頭。

「擺明是衝著我而來。」我一看到「燒貓女」這三個字，大概猜到是怎麼一回事。

積架繼續往前駛，轉到豪宅的南側時，我們看到窗外聚集了另一批民衆，他們揮動著旗幟，在圍牆上掛了一條醒目的紅布條，上面寫著：「燒貓女不要躲在豪宅，出來道歉！」

我感到事情有點不對勁，趕緊拿出手機上網，連往燒貓影片的網址，迅速瀏覽網友們的最新留言。

「子霞，妳看一下這個留言。」我指著留言中最關鍵的一則。

子霞把臉靠過來，照著上面的字唸道：「變態女踐屁喔！不要以為躲在高級住宅就沒有人知道，我在京硯悅凱的健身房看過妳！我竟然跟妳這種人住在同一幢建築物，眞是丟臉！」

「這是兩個小時前的留言，當時我們還在警察局。」我說。

「這……」子霞嚇呆了，不知道該怎麼開口安慰我。

「我被網友人肉搜索出來了。」我強忍畏懼的情緒，宣布這個殘酷的事實。

Hunter已經知道我躲在哪裡，金爺應該也知道了。

事實上，當我發現自己的帳號被Hunter盜走之後，我就已經猜到會有這樣的結果。

我甚至已經猜到未來的結果。躲在豪宅並非長久之計，改變不了即將橫屍街頭的命運。

積架駛到停車場門口，我們看到門口不遠處聚集了第三批民眾，他們揮動著旗幟，在圍牆上掛了一條醒目的紅布條，上面寫著：「燒貓女滾出來！妳欠社會一個交代！」

叫。

「怎麼到處都是他們的蹤影？交什麼代？那些網友煩不煩啊！」子霞生氣地大

「他們不是網友。」我說。

「那他們是誰？」子霞問。

「獵人要把獵物從洞穴裡燻出去，一定會用煙攻，而外面那些傢伙，就是獵人的煙，而且這只是第一波而已。」我說。

如果警方查到嫁禍者的IP，把Hunter抓起來，我就可以繼續躲在洞裡，苟延殘喘地活下去；要是警察沒有把Hunter抓起來，我早晚會被燻出去。

22 這場遊戲終於要結束了

連續三天，豪宅外面圍了五群不速之客，分散在不同角落，警察來了就鳥獸散，警察離開了又聚起來。

Hunter這次放煙行動相當成功，順利把事情鬧大，各大小媒體紛紛報導燒貓女就躲在豪宅裡，還自以爲正義地呼籲我盡快出來道歉和承擔責任。

京硯悅凱的自治會爲這件事開了一次特別會議，住戶們紛紛給張先生和子霞壓力，希望他們夫婦不要再把我這種會製造麻煩的人留在豪宅裡，影響其他住客的作息。

張先生和子霞開完特別會議回家後，來到我的客房，跟我促膝長談。

「因爲妳的澄清影片是用我的Youtube帳號上傳，所以網友人肉搜索到我的資料，其他住客知道妳躲在我們這裡。」子霞說。

「剛才其他住客一直給我們壓力。」張先生說。

「他們希望我們不要再包庇妳。」子霞說。

「燒貓的人又不是我，哪來的『包庇』？」我說。

「我們也是這樣跟他們說，堅持妳是無辜的，但他們說不管燒貓的人是不是妳，都已經爲其他住客帶來困擾了。」張先生道。
「那你們的意思呢？希望我搬走，還是希望我留下來？」我問。
「我在台北大直有一個房子，妳要不要先去那裡躲一下？」張先生問我。
「躲不久的。」我說，「現在很多人已經知道是你們兩夫妻把我藏起來，Hunter和金爺只要查你們手上的房產，就會找到大直的地址。」
「要不我先把妳送到國外躲一陣子？」張先生問。
「出國可以延後我的死期，不過我相信Hunter會要求築海幫加錢，然後到外國把我抓回來。」我沙盤推演。
「看來這件事總得解決，躲在國外也不是長久之計。」子霞說。
「我已經用錢收買嚴總和金爺了，但他們不要。」張先生說。
「妳那麼聰明，這幾天有沒有想到什麼解決辦法？」子霞問我。
「我有想到一個辦法，不過還在評估當中。」我道。
「還是先出國吧，比較保險。」子霞說，「躲在外國，Hunter就算眞的跟著去了，也不一定能抓到妳。」
「妳想去哪個國家躲？」張先生問我。
「韓國。」我不假思索地說。

「明天一大早我請司機載妳去機場，讓妳坐最早的班機過去。」張先生說。

我想起林樂。

這次出國，不曉得哪一天才能回來，甚至可能死於非命；在死之前，我希望能再見林樂一面。

「飛機可不可以訂傍晚？」我問。

「不早一點離開嗎？」張先生納悶地看著我，「多待幾個小時，就多一分危險。」

「出國之前，我還有些事情要處理。」我說。

「什麼事情？」子霞問。

「見一個人。」我道。

＊　＊　＊　＊　＊

第二天早上，張先生幫我訂了傍晚的機票，出發地是桃園機場。

中午時分，我在保鑣哈利的陪同下，坐積架前往台北。在後座坐下來後，我馬上拿出手機，撥電話給那個魂縈夢牽的人。

「林樂，我傍晚坐飛機到韓國。出國之前，我想先去看你。」我說。

「不要，妳千萬不要過來，我擔心妳會被抓。」林樂緊張地說。

「你可以放心，他們都在高雄等我上鈎，應該不知道我去台北。」我道。

「我還是會擔心耶！」林樂說。

「不用擔心，這場遊戲玩到現在，我一直都佔上風，把他們耍得團團轉，而且我快要贏了。」我說。

「眞的是這樣嗎？」林樂懷疑地問。

「至少他們到現在還沒抓到我，過了今天晚上，他們更抓不到了。」我道，「對了，你是不是有限定只有親戚朋友才能探望你？」

「對，我有吩咐醫院，只有我爸、我媽和秀龍可以看我，其他人都不可以進來。」林樂說。

「你現在跟他們說，待會你姊會去看你。」我道。

「我姊？」林樂不解地說，「我沒有姊姊啊。」

「我就是你姊，待會我假冒你姊的身分進去。」我道。

「茶碗蒸，妳眞的很狡猾耶！」林樂說，「之前我曾經跟妳說過，醫院裡有一個姓吳的護士非常關心我的一舉一動，常常問我有沒有跟女朋友通電話，聊了些什麼。這已經超過了一位護士平時應該做的事，我懷疑她可能被Hunter收買了。」

「對，我就是知道那位護士很有可能是Hunter的臥底，所以才要冒充你姊。」我道。

積架在高速公路飛馳，三小時後，我們抵達台北的醫院。

我冒充林樂的姊姊，帶著保鑣哈利來到林樂的房間，看到他的手綁著繃帶，腳裹著石膏，心痛的感覺油然而生。

「茶碗蒸，我很想妳。」林樂說。

「我也是。傷口還會痛嗎？」我關心地問。

「還會痛，不過最近每天都在做復健，一天比一天不痛了。」林樂說。

「痛的時候可以想一下我。」我把一張最近拍的照片遞給他。

「好，我會每天看妳的照片，每天想妳。」林樂用沒有受傷的手接過我的照片，把它放在床頭的位置，「對了，我今天早上看報紙，記者說妳是燒貓女？怎麼回事？」

「那是Hunter把我逼出來的手段而已。」我說，「前幾天燒貓女的影片引起公憤，他趁機嫁禍給我，讓網友對我發動人肉搜索，目的是把我引出來。」

「我也猜到可能是Hunter搞的鬼，因為妳根本不可能燒貓。」林樂說。

「前幾天子霞和我去報警，請警方查IP找出嫁禍的人，把他抓起來。」我說。

「Hunter沒有那麼容易被抓到吧？」林樂說。

「當然沒有。警方查到那個IP是從國外輾轉連過來的，根本追蹤不到眞正的來源。」我聳聳肩。

「Hunter眞狡猾。」林樂說，「不過妳也很聰明，終於決定去韓國躲了。」

「沒辦法，我被燻出豪宅，已經沒有退路了。」我無奈地說，「如果可以的話，我寧願留在台灣，因爲這裡才是我的家。」

「茶碗蒸，妳在韓國等我，我康復之後馬上回去。」林樂握著我的手說。

「嗯。」我點點頭。

「未來我還要跟妳一起過很多快樂的日子，還要生一男一女。」林樂說。

「咦！誰說要生小孩了？還一男一女咧！」我噘著嘴巴，故作生氣。

「Hunt……Hunt……」林樂突然指著我背後的窗戶，嚇得嘴角顫抖。

我皺起眉頭，轉頭一看，一團黑影瞬間經過我身邊，以俐落的手法把我的雙手扣起來。

「你……」我驚訝得說不出話來。

「對，又是我。」Hunter邪惡地笑了笑，迅速拿出手帕放到哈利的鼻子前，哈利還來不及反擊便倒在地上，不省人事。

「你不要亂來！」林樂大叫。

「這場遊戲終於要結束了。」Hunter得意地笑著，拿出手帕放到林樂的鼻子前，林樂立刻暈倒。

「陳婉珍，妳竟然帶這麼老的保鑣陪妳來，看來妳真的不想活了。」Hunter蹲下，拿走我膝蓋口袋裡的手機，囂張地在我面前晃了晃，「這次不管妳再怎麼夾緊膝蓋，都不會有人來救妳了。」

「你為什麼會知道我在這裡？」我問。

「我在林樂的facebook看過他的個人資料，他是獨子，根本就沒有姊姊。」Hunter笑道，「幾個小時之前，我的臥底告訴我林樂的姊姊要去看病。誰假冒他的姊姊？用屁股想也知道。」

「求求你放過我，拜託你，我已經一無所有了。」我哭著求他。

「哼，身為一個獵人，怎麼可能放過獵物？好好享受妳人生的最後時刻吧！」

Hunter把手帕放到我的鼻子前，我嗅到一股很濃烈的氣味，腦袋逐漸失去意識，身體往地面倒下。

23 人生的最後時刻

我感到臉部一陣劇痛。

啪啪啪啪啪，一連串的巴掌落在我的臉頰，燙得我無法再沉睡。

我緊皺眉心，張開雙眼，看到自己躺在一個木箱上，呼我巴掌的是面目猙獰的金爺。

「他媽的！臭婊子！終於醒了是不是？」金爺語畢，又是一巴掌往我臉上送。

我迅速瞄了四週一眼，看到自己手腳被綁，十幾個壯漢包圍著金爺和我，包括嚴總、Hunter、毓正和其他兄弟。

我身上的衣服都還在，目前看不出有被強暴過的痕跡，但兩支手機顯然都被沒收了，因爲我感受不到手機的重量。

我嗅到一股濃烈的霉味，這個地方到處擺放著貨物，角落處還有堆高機和物料架，明顯是個倉庫。

沒想到我這輩子的最後一站，竟然是在這種不見天日的地方。不過，這倒跟我的眞實人生很像，我的一生都很黯然，能夠死在這種充滿霉氣的地方，也算是

「首尾呼應」了。

「對不起。」爲了保住性命，我放下身段，溫柔地向金爺道歉。

「對不起？被抓到才說對不起？」金爺往我臉上又是一掌。

「那天我必須走，因爲我不知道你會用什麼幫規對待我。」我用情非得已的口吻，裝可憐地說。

「是不是那個林樂逼妳落跑的？」金爺問。

如果這個時候我回答是，活命的機率顯然會高一些。

「跟他無關，落跑是我自己的主意。」我說。

但我不想林樂被殺。

這個時候林樂應該還在醫院，Hunter要同時把林樂和我兩個人從醫院五樓綁來這裡，說實在有一點難度；但我不能完全排除這個可能性，搞不好林樂就在倉庫外面。

「那妳不要怪我了。」金爺又送上一個耳光。

「停手，先別打。」嚴總走到我面前，伸手阻止金爺，並質問我，「陳小姐，妳知不知道，當天因爲妳檢舉我們的槍枝庫，警察抄走了大部分武器，害幫會損失慘重？」

「當時我們是敵對關係，難免有損傷。」我說。

「就因爲妳檢舉，我們元氣大傷！」嚴總生氣地說。

「雙方交戰，這種事難免。」我企圖降低罪行的嚴重性，「第二次世界大戰時，日本跟美國交惡，日本也不得不把珍珠港炸了。」

「那妳知道美國後來怎樣對待日本嗎？」嚴總問我。

「美國送了兩顆原子彈給日本，但沒有讓日本滅國喔！」我暗喻自己罪不至死。

「我比較殘忍一點，如果我是美國，我會讓日本滅國。」嚴總從口袋裡掏出手槍，抵住我的太陽穴。

「等一下！」面對殺氣騰騰的嚴總，我能做的只有拖延死亡的時間，爭取一個活下來的機會，「如果你願意放我一條生路，我可以爆一些料給你聽。」

「妳有什麼料可以爆給我聽？」嚴總問。

「我可以告訴你，爲什麼那天我會知道你們在釣蝦場地下室盤點槍枝，因爲有內鬼！」我說。

「內鬼是誰？」嚴總追問。

「我不能告訴你。因爲我說出來要死，不說出來也要死，反正都要死，我說出來有什麼意思？」我道。

「只要妳說的資料正確，我可以保證妳活著離開這裡。」嚴總說。

「完好無缺的離開嗎？」我問。

「不可能。」嚴總斬釘截鐵地說，「日本雖然沒有滅國，但也吃了兩顆原子彈。妳得罪我們築海幫，也別妄想能夠全身而退。」

「我不要流著血離開。」我提出要求。

「妳沒資格跟我談條件！」嚴總用槍管推我的太陽穴，越推越用力，我感到自己的腦袋隨時會爆開，「我可以不知道內鬼是誰，沒關係。」

「我很不舒服，你先把槍拿開，我馬上告訴你。」我道。

「我只給妳三秒鐘。」嚴總拿開手槍，凶狠地問，「誰是內鬼？說！」

「毓正。」我答。

毓正一臉驚嚇，現場所有人紛紛盯著他看。

「我沒有！我沒有出賣幫會！」毓正大叫。

「這種事情不能隨便亂說喔，妳有證據嗎？」嚴總問我。

「證據在我的手機裡。」我道，「六月十八日，你們的內鬼毓正在facebook放了幾張自拍照，用門牌號碼向我透露槍枝庫的地址。」

「嚴總你不要聽她亂說！我沒有跟她串通！」毓正大聲叫屈。

「六月十八日你是不是有在釣蝦場外面拍照片，然後放上網？」嚴總質問毓正。

「呃……那天我是有自拍，但那些照片不是拍給她看的。」毓正替自己辯護。

「Hunter，幫我上毓正的網站，我要看看他在六月十八日的照片。」嚴總道。

「是。」

Hunter走了過來，用他自己的手機連上毓正的facebook，經過半分鐘的搜尋，終於找到毓正在六月十八日上傳的照片。

嚴總指著其中一張有門牌號碼的照片，臉色大變：「就是這張照片害我們的槍枝庫被抄嗎？」

「不是！我不是故意的。」毓正搖搖手。

嚴總轉身，用手槍抵住毓正的額頭：「你為什麼要把這些照片放上網？你是白痴嗎？」

「嚴總，不要開槍，我真的不是內鬼，我也猜不到茶碗蒸會報警啊！」毓正慌張地說。

「你是不是內鬼，已經不重要了。」嚴總說，「重點是，我不需要像你這種愚蠢的手下！」

「砰！」

勃然大怒的嚴總突然開槍，毓正的額頭上瞬間多了一個血洞，應聲倒地。

眾人瞪大雙眼，看到地上的血河和屍體，全嚇呆了。我沒料到嚴總眞的開槍，幸虧剛才他有保證我會活著離開。

「換妳了。」嚴總轉身，用手槍抵住我的額頭。

「你不是保證不殺我的嗎？」我緊張地問。

「我現在反悔行不行？」嚴總說。

「你是老大，說到做到才能讓人心信服。」我道。

「哼。」嚴總冷笑一聲，「我是黑道，如果做什麼事都講仁義道德，幫會早就倒了！爲了幫會著想，該殺的人就得殺，不能留。」

「我不懂，我眞的不懂，損失有那麼慘重嗎？有慘重到要取走我的命嗎？」我問。

「妳害我們得重新跟軍火商買武器，還要花錢賄賂一堆關係人，這一切都是妳害的！妳說妳該不該死？」嚴總咆哮。

「婉珍，我原本只是想教訓妳一頓，沒想到妳竟然向警察告密，我也保不住妳了。」金爺對我說。

「下輩子好好做人，再見了。」嚴總轉動子彈匣，準備扣板機。
「等一下……」我大叫。
「不用等了，妳害我們損失慘重，妳必須死！」嚴總說。
「砰！」
「嗚……」
一道血痕在我眼前爆開。

中槍了。
嚴總的右手被子彈穿過，手槍掉到地上。
眾人往開槍的方向一瞄，是屋頂！有人從屋頂的隙縫開槍襲擊嚴總！
「我們是警察，你們已經被包圍了！趕快放下武器，出來投降。」外面傳來大聲公的聲音。
「他媽的！條子爲什麼會出現？」金爺問。
「殺了那個開槍的人！」嚴總用左手指著屋頂，忿恨難平地大叫。
金爺和另一位兄弟掏出手槍，往屋頂方向連開數槍；不料屋頂的狙擊手反擊，只花了兩顆子彈，第一顆擊中金爺的手腕，第二顆擊中另一位兄弟的右掌，兩把手槍隨即掉到地上。

其他兄弟紛紛拔出手槍，跟屋頂和倉庫外的警察嗆聲對恃。

Hunter冷眼看著痛得在地上打滾的金爺，睿智的眉心似在分析事情的因果，突然轉頭瞄了我一眼。

「爲什麼警察會知道我們在這裡？是不是妳讓他們來的？」Hunter問我。

我情不自禁地揚起嘴角，笑而不語。

我贏了！

結束了，好不容易，這場遊戲終於結束了。

你們即將被一網打盡，而我——沒有死！

「妳是用什麼方法把警察帶來的？」Hunter問我。

「我幹嘛告訴你？」我氣定神閒，準備迎接勝利。

「警察快要衝進來了，我聽到屋頂起碼有五個狙擊手，反正我今天跑不掉，妳不妨告訴我眞相。」Hunter說。

「我不想告訴你。」我道。

「我會不甘願。」Hunter說，「不然交換吧，我告訴妳一個秘密，妳告訴我爲什麼警察會來。」

「你有什麼秘密可以告訴我？」我問。

「那段燒貓的影片，其實是我叫人拍的，我還故意找一個外型跟妳差不多的女生，模仿妳的聲音和語調。」Hunter說。

「果然是你！卑鄙！」我氣得牙癢癢。

「彼此彼此。換妳告訴我了，爲什麼警察會來這裡？」Hunter不解地問我。

反正已經贏了，告訴他也沒差。

「今天早上，我在高雄出發到台北之前，去警察局報警了。」我說，「我決定跟警方合作，他們裝了一個追蹤器在我的身體裡，目的就是爲了把你們一網打盡。」

「難怪妳故意帶一個老的保鑣，是爲了讓我容易對付，好讓我把妳帶來這裡嗎？」Hunter眉宇間透出恍然大悟的訊息。

「不只是老的保鑣而已，就連姊姊看病這一招，也是我故意安排的。」在老手面前揭開自己打敗他的招數，看他挫敗的樣子，特別有快感。

「什麼意思？」Hunter不明白。

「如果我以陳婉珍的身分大剌剌的去看病，還不帶保鑣，你不會懷疑嗎？」我反問他。

「會，我會懷疑是空城計，妳背後一定有什麼陰謀，可能已經跟警方串通好。」Hunter說。

「對！所以我故意冒充林樂的姊姊，讓你覺得我這個獵物都在你的掌控之內，竟然用這種偷雞摸狗的方法見情人一面，而對我疏於防範。」我笑道，「現在也證明了，就因爲你對我的大意，沒想到我已經跟警察串通好，所以你只拿走我身上的手機，沒有對我徹底的搜身，追蹤器現在還卡在我的內褲裡。」

「妳早就料到我知道林樂沒有姊姊嗎？」Hunter不甘心地問。

「對。」我說，「林樂是獨生子，這種資料任何人上facebook都可以查得到。像你這種以賺獎金爲業的人，不可能不查這些資料。」

「幹！我被耍了！」Hunter齜牙咧嘴，忿恨地瞪著我，「妳利用我的聰明反將我一軍？他媽的！妳利用我？」

「我沒興趣耍你或利用你，我只是想活下去。」我道。

「妳知道嗎？我一直都很厲害，從小到大只有興趣當第一名，這個世界上沒有人可以贏我。」Hunter緊握著拳頭，用鼻子看著我。

「對不起，這次你輸了。」我聳聳肩，希望他接受現實。

「沒有，我沒有輸！」Hunter突然情緒失控，從口袋裡拔出手槍。

「不……」我還來不及伸手去擋，子彈已穿過我的額頭。

「砰！」

我感到腦門一陣劇痛，身體失去自我操控的能力，往後倒下。

這輩子最重要的經歷，此際迅速閃過我的腦海！

繼父三餐凌虐我。媽媽把我拋棄在公園的長椅上。在孤兒院被同類看不順眼，過著勾心鬥角的日子。在學校裡認識了一輩子的好朋友子霞。子霞把我帶回家裡慶祝生日，讓我感受家庭溫暖。在學校被Nicole霸凌。金爺在一群兄弟面前向我告白，我不得不就範。毓正胡了大三元，卻害我成了人肉搜索的對象。林樂在遊艇上的浪漫告白。逃亡的日子。Hunter的窮追猛打。我贏了。我輸了。

最後，一顆子彈直衝腦門，為這十九年不愉快的人生畫下句點。

24 人算不如天算

我睜開雙眼。

奇怪，我爲什麼還能睜開雙眼？我沒有死嗎？

我抬起頭來環顧四週，發現警察衝進來抓人了，他們用手銬扣住嚴總、金爺、Hunter和一眾築海幫的成員。一個女警在我面前跪下，她沒有理會我，逕自搖晃著一具躺在我腳下的軀體。

那具軀體很像我。

讓我感到奇怪的是，爲什麼我會呈白色透明狀？而站在我前面的毓正，也跟我一樣的形態。

「妳來啦？等妳很久了。」毓正說。

「這是哪裡？」我問。

「不知道，大概是陰間吧。」毓正聳聳肩。

「我死了？」雖然我確定額頭中槍，但我還是不願意相信自己這麼年輕就離開人世。

「靈魂都出竅了，妳說呢？」毓正說。

「我不要！我還要跟林樂過下半輩子，我不要！」我激動地大叫。

「別叫了！我也想跟可甄長相廝守，妳以爲這裡只有妳可憐嗎？我就不可憐嗎？」毓正說。

「我明明贏了！我明明把你們一網打盡了！」我氣憤地說，「我好不容易終於贏了，我的人生終於可以正常了，爲什麼最後一關卻過不了？爲什麼？」

「不管妳接不接受，妳已經死了，我也死了，這是事實！」毓正說。

「喂，你們兩個新來的，也太吵了吧？」原本在角落小憩的野鬼突然站起來，帶著兩個跟班走了過來。

「死老頭，你混哪裡的？」毓正凶神惡煞地問。

「你最好注意一下自己的語氣。」野鬼警告道，「在這個世界，我的輩份比你高，勢力比你大。敢惹毛我，我保證你天天當餓鬼！」

「請問一下，如果不想死，可以找誰申訴？」我問野鬼。

「哼。」野鬼失笑，「小姐，妳眞有趣，笑死人了。」

「我很愛我的男朋友，我還不想死。」我說。

「我也很愛我的錢，還不是要死！」野鬼說，「你們兩個先去戶政事務所吧。」

「戶政事務所？」我問。

「對，新來的鬼都得去戶政事務所找閻羅王報到。」野鬼說。

「沒有牛頭馬臉來接我們嗎？」毓正問。

「你以爲你是誰啊？大明星喔？憑你這種貨色也想有專人接送？」野鬼嘲諷道。

毓正和我離開了倉庫，循著陰間的路牌指示，往當地的戶政事務所飄去。

「唉，手上沒有iPhone，不能自拍，眞難過。」毓正一邊飄，一邊埋怨。

「你會死就是iPhone害的，整天就只會自拍上傳，也沒多帥。」反正都死了，我也不怕把心裡話直接講出來。

「哼！妳還敢說咧，明明就是妳害我被殺的！我還沒跟妳算帳！」毓正說。

「算什麼帳？我連命都沒了，陪你來到這個鬼地方，你還想算什麼帳？」我沒好氣地說。

「唉，沒想到我們兩個沒有在同年同月同日生，卻在同年同月同日死。」毓正嘆道。

「誰願意跟你這種人同年同月同日死啊！以爲在演《神鵰俠侶》喔？我寧願跟林樂，也不跟你！」我嗤之以鼻。

「奇怪咧，說得好像是我安排似的，我也不願意跟妳同年同月同日死啊！妳不願意，難道我就願意嗎？」毓正哼地一聲。

我們兩隻充滿怨念的鬼一邊吵架，一邊飄到陰間的戶政事務所；櫃檯有九位小姐，看起來都不像閻羅王。

「小姐，請問閻羅王在哪裡呢？」我們靠近櫃檯，問其中一位小姐。

「我就是閻羅王。」櫃檯小姐說。

「妳是閻羅王？」毓正皺起眉頭，「閻羅王不是男的嗎？」

「你性別歧視喔？女人不能當閻羅王嗎？」櫃檯小姐不悅地反問。

「呃……不敢不敢，只是很好奇為什麼閻羅王像凡間的公務員一樣坐在櫃檯後面，不是應該坐在大堂的台上審判死者嗎？」毓正問。

「拜託，地球上每天有幾百萬人死亡，如果只有一個閻羅王坐在台上，要審判到什麼時候啊？」櫃檯小姐說。

「所以這裡九位小姐都是閻羅王嗎？」我問。

「對啦。你們是來報到的嗎？」櫃檯小姐問。

「對。」毓正和我點點頭。

「報上名來，幾歲，出生地點。」櫃檯小姐打開她的iPad。

「徐毓正，三十歲，在台中出生。」毓正道，「請問我什麼時候可以投胎？」

「等一下，我在查。」櫃檯小姐在iPad上輸入毓正的名字、出生年份和地點。

櫃檯小姐看著毓正生前的資料，表情越來越不屑，也越來越凝重：「徐先生，你生前做很多壞事喔！」

「還好啦，要賺錢，總得耍一些小手段嘛。」毓正交叉著雙手，一副理所當然的模樣。

「你爲了錢，連人格都不要，下輩子不能當人了。」櫃檯小姐說，「你未來三輩子都要當糞蛆，不過你不用擔心餓肚子，我會安排你在化糞池出生。」

「欸，太過分了吧！我哪裡像糞蛆了？爲什麼我要三輩子吃大便？」毓正忿忿不平地大叫大嚷。

櫃檯小姐不再理會咆哮的毓正，轉頭問我：「小姐，妳叫什麼名字？幾歲？在哪裡出生？」

我答：「陳婉珍，十九歲，在台南出生。」

櫃檯小姐在iPad上輸入我的名字、出生年份和地點。她看完我的資料後，眉頭大皺。

「陳小姐，妳陽壽未盡喔！」櫃檯小姐說。

「陽壽未盡？什麼意思？」我問。

「意思是妳還不能來這裡，回去妳的軀殼睡五十年再過來。」櫃檯小姐說。

「等……等一下，請問我有沒有聽錯？妳剛才是說『睡』嗎？」我緊張地問。

「妳沒聽錯，是睡。」櫃檯小姐說，「妳頭部中彈，醫生可以把妳救活，但醒不來了，只能當植物人。」

「我不要當植物人，求求妳，不要。」我哭著求她。

「那我可以求求妳五分鐘之前不要中彈嗎？」櫃檯小姐問。

「不行啊，這不是我能決定的，我已經中了。」我說。

「知道就好，妳不能決定自己的命運，我也不能。」櫃檯小姐用公務員的口吻說，「後面還有其他鬼在排隊，別浪費我的時間。」

櫃檯小姐在螢幕上按下一個紅色按鈕，我瞬即被吸進一條黑暗的隧道，逐漸失去意識……

＊　＊　＊　＊　＊　＊

我的頭好痛。

我感到很多人圍著我，雖然我看不到他們，但我聽到醫生和護士們之間的耳語，以及手術工具放下來的聲音。

太好了！我還活著！

林樂，我們不用分開了。

接下來，我還要跟你一起過很多快樂的日子，我們要生兩個小孩，一男一女。

你要等我！

＊＊＊＊＊

林樂牽著我的手走在陽光燦爛的沙灘上，海水碧綠清澈，兩個小孩跟在我們身後。

兩個小孩互相嬉笑打鬧，突然脫掉身上的衣服，跳進海裡快樂地戲水。

林樂和我互看一眼，相視一笑。

「我愛妳。」林樂抱著我，輕輕地吻著我的臉頰。

我依偎在林樂的胸膛，希望這一刻永遠留在我的腦海裡，成為永恆。

「要擦背囉！我幫妳轉身。」外面突然傳來一把煞風景的聲音，把我從沙灘親熱的美景中拉回黑暗。

我感到護士在翻動我的身體，我卻無法開口拜託她輕一點，她的力道讓我很不舒服。

＊　＊　＊　＊　＊

我的頭好痛。

已經不曉得過了多少天，還是多少個月。

據說醫生已經拿掉我腦袋裡的子彈和碎片，但我現在還是會隱隱作痛。

我認得每一位護士的聲音，也曾經聽過她們對我的閒言閒語。

「眞可憐，她一輩子都只能躺在床上做夢了。」這是王護士的聲音，她的聲音比較尖。

「其實我挺羡慕她的。」這是蔡護士的聲音，她的聲音比較老。

「羡慕她什麼？」王護士問。

「至少她這輩子都不用再煩惱錢和感情的問題了。」蔡護士說。

我一點都不值得妳們羡慕。

如果可以，我寧願回到那個醜陋的現實世界，被錢和感情的問題困擾得遍體鱗傷。

＊　＊　＊　＊　＊　＊

我的頭好痛。

每天最期待的，就是有人來探望我。

子霞和她老公常常來看我，平均幾天會來一次，林樂則是天天來。

林樂常常跟我講話，述說他的近況，他的國語越來越好了。

他已經辦了休學，目前從事翻譯韓劇的工作。他在醫院附近租了一個套房，期待有一天能夠把我這個女主人帶回家。

如果有生之年我還能夠睜開眼睛，我希望第一眼看到的就是他。

＊　＊　＊　＊　＊　＊

我的頭好痛。

我感到皮膚變涼了，現在這個時間應該是傍晚。

昏迷後的我越來越喜歡夏天。白天時，「陽光阿姨」喜歡穿過窗戶安撫我的軀體，黑夜時，「晚風叔叔」爲我捎來舒服的涼意。溫度的變化讓我有身爲人的感覺。

門口傳來腳步聲，林樂來了，每天他都是差不多這個時間來看我。

我很開心，這是我一天當中最快樂的時刻。

「今天我去便利商店買飲料，又有一個女生向我示好。」我聽到林樂坐下來的聲音，他又要開始跟我分享當天的遭遇。

少臭美！

我很想回他，但我辦不到。

「已經一年多了，我一直不願意交新的女朋友，因爲我相信，總有一天妳會醒過來。」林樂說。

謝謝你相信我。

我一直醒著，只是睁不開雙眼，動不了手，踢不了腳，搖不了頭。

「求求妳，醒一醒，好嗎？」林樂靠近我耳邊，哽咽地求我。

對不起，我盡力了。

我發誓，我眞的盡力了。

我已經耗了最大的力氣，但那兩片薄薄的眼皮始終不願意聽我差遣。

「我唱歌給妳聽，妳乖乖的醒來，好嗎？」林樂說。

好！

「我們都需要勇氣去相信會在一起，只要你一個眼神肯定，我的愛就有意義……」林樂邊哭邊唱。

對不起。

對不起，我這麼愛你，現在卻連一個肯定的眼神也給不了你。

「醫生！她哭了！快過來！」林樂激動地向外面大喊。

我感到臉頰有液體流過，很溫暖。

我試圖睜開它，差一點點了！

用力！

用力！

「醫生！茶碗蒸哭了！她要醒了！拜託快刺激她！拜託！拜託！」

用力！

用力！

左眼皮小姐，右眼皮先生，不要再耍我了！

無奈的是，咫尺天涯，終究還是咫尺天涯。

往後的日子，林樂的歌聲總是徘徊在我腦海裡不散，爲我黑暗無助的歲月帶來些許甜度。

＊＊＊＊＊＊＊

我的頭好痛。

最近的天氣很穩定，每個小時都很冷，看來已經是冬天了。

過完這一年，如果我還是沒有醒來，我希望林樂去交新的女朋友，盡快把我忘了。

上帝，求求你讓我醒來。

不管你開什麼條件，我都願意答應你。

如果我還有五十年壽命，我願意給你四十五年，我只要十分之一的時光，跟我最愛的人度過五個溫馨浪漫的耶誕節。

求求你讓我醒來，我只要五年。拜託你，讓林樂可以開心一下。

＊＊＊＊＊

我的頭好痛。

我聽到腳步聲，林樂來了。

我的耳朵已經進化到光憑鞋子碰撞地面的聲音和走路的頻率，猜出靠近的人是誰。

我聽到他把一個東西放在桌子上。

「茶碗蒸，今天是我的生日。」林樂靠近我的耳邊說。

恭喜又大一歲。

生日快樂。

「我買了生日蛋糕，今年我們兩個一起過。」林樂說。

我聽到林樂打開蛋糕盒，接著是點蠟燭的聲音。

「今年我有三個生日願望。第一個願望是，我希望茶碗蒸可以醒過來。」林樂說。

謝謝，我會繼續努力，每天努力，每個小時努力。

「第二個願望是，我希望茶碗蒸可以醒過來。」林樂說。

謝謝……那麼第三個願望應該也一樣囉？

「第三個願望是，我……」林樂說。

喂！停！不能說出來！

台灣的習俗是不能說的！說出來就不靈了！

我氣自己的嘴巴不能說話，眼皮不自覺地往上一睜，突然看見了強光。

強光！

怎麼回事？我看到自己身處在病房裡，病床旁邊放滿了鮮花、紙鶴和祝福擺設，這是真的嗎？

我看到林樂低著頭，閉目許願：「我希望茶碗蒸可以醒過來。」

林樂昂首，張開雙眼的一剎那，跟我四目交投。

我的眼眶、臉頰和酒窩，通通都濕了，嘴角卻情不自禁往上揚。同樣的水災，也出現在林樂的臉上。

「茶碗蒸！」林樂激動地抱著我。

「我……我醒了？」我有點不敢相信。

「我好想妳！這些日子以來，我每一天都很想妳，妳知道嗎？」林樂哽咽地問我。

「我……知道。」我點點頭，說話時喉嚨很痛，聲音沙啞。

我到底多久沒有講話了？

「不要再睡了，不要再離開我了，妳要健健康康的活下去，我們以後還要一起過很多快樂的日子。」林樂說。

「還……還要生……兩個小孩，一男一女。」我笑道。

「噗嗤。」林樂把身體挪後，情深款款地看著我，笑得很開心。

如果這只是夢境，我希望林樂可以抱久一點；同時我希望王護士今天可以稍微偷懶一下，不要幫我翻身擦背，不要把我拉回黑暗。

「告訴我……這一切是真的嗎？還是只是我的夢境？」我不確定地問林樂。

林樂漾起一個洋溢愛意的笑容，他沒有回答我的問題，只是用食指撫摸我的臉蛋，溫柔地幫我拭掉眼淚。

國家圖書館出版品預行編目資料

人肉搜索/食凍麵著. — 初版.—臺北市
華品文創，2012.04
面； 公分
ISBN 978-986-87808-2-8(平裝)

857.7 101005097

華品文創出版股份有限公司
Chinese Creation Publishing Co.,Ltd.

《人肉搜索》

作　　者：食凍麵
總 經 理：王承惠
總 編 輯：陳秋玲
財 務 長：江美慧
印務統籌：張傳財
美術設計：vision 視覺藝術工作室
出 版 者：華品文創出版股份有限公司
地址：100台北市中正區重慶南路一段57號13樓之1
讀者服務專線：(02)2331-7103　(02)2331-8030
讀者服務傳真：(02)2331-6735
E-mail：service.ccpc@msa.hinet.net
部落格：http://blog.udn.com/CCPC

總 經 銷：大和書報圖書股份有限公司
地址：台北縣新莊市五工五路2號
電話：(02)8990-2588
傳真：(02)2299-7900
網址：http://www.dai-ho.com.tw/

印　　刷：卡樂彩色製版印刷有限公司

初版一刷：2012年4月
定價：平裝新台幣260元
ISBN：978-986-87808-2-8

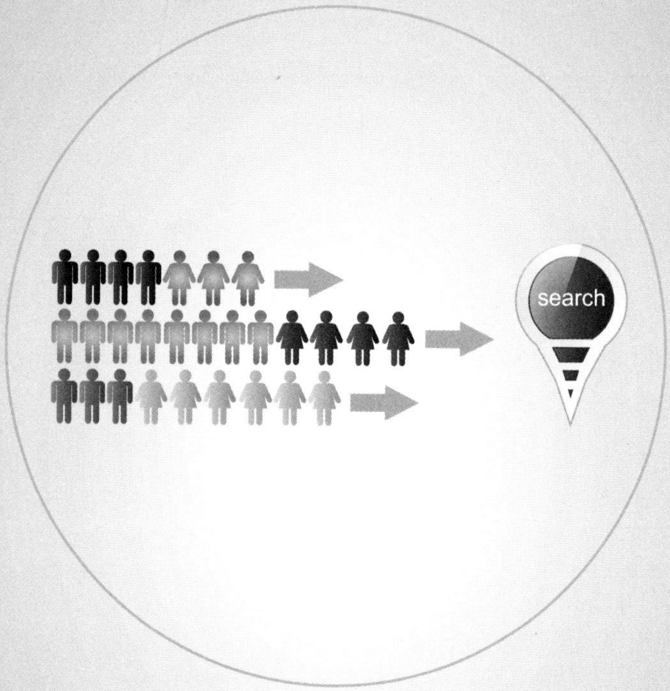
search